SHANGHAI LITERATURE & ART PUBLISHING GROUP

故事会
精品系列

16 岁故事

 上海锦绣文章出版社
上海故事会文化传媒有限公司

上海文艺出版（集团）有限公司

图书在版编目（CIP）数据

16岁故事 《故事会》编辑部编 – 上海：上海锦绣文章出版社
（故事会精品系列） ISBN 978-7-5452-0178-9

Ⅰ．① 16…Ⅱ．①故…Ⅲ．故事－作品集－世界 Ⅳ．I14

中国版本图书馆 CIP 数据核字 (2008) 第 181332 号

丛 书 名：故事会精品系列

书 名：16 岁故事

主 编：何承伟

编 委：何承伟 吴 伦 姚自豪 夏一鸣

责任编辑：刘迎曦 鲍 放

装帧设计：王 伟

责任督印：张 凯

出 版： 上海锦绣文章出版社

上海故事会文化传媒有限公司

POD 海外发行： 中国图书进出口上海公司

电话：021－36357888

传真：021－36357896

地址：上海市虹口区广中路 88 号

邮编：200083

目　　录

绿色的太阳

朦 胧 的 岁 月

　　是单纯的日子，也是多变的日子，浩大的世界，样样叫我们好奇。从来不淡漠，眼泪、欢笑、沉思，全是第一次。

歌迷吐芳华

　　这天晚上，万人体育馆的屋顶差一点被掀翻！一万二千只座位上的观众全部站了起来，长时间为歌唱家费扬鼓掌。

　　费扬自己也没想到今天自己会唱得这么好，会有如此效果，他真的飞扬了，歌声飞扬，神采飞扬。在观众的掌声中，费扬飘下了台，飘进了车，飘回了家。

　　费扬迫不及待地奔进家门，想把今天轰动的效应告诉妻子阿芳，让她也乐一乐。可是屋子里空荡荡的，接受快乐的对象不在家，快乐只能浪费！

　　突然，"嘀铃铃"，电话铃响了。费扬想一定是阿芳打来的，赶忙扑过去抓起了电话机，急切地问："喂，是阿芳吗？"

　　听筒里没有传来回音。

费扬好生奇怪:"喂,喂? 你是哪里?"

对方还是没有声音,却有着急促的呼吸声。

费扬又冲着电话接连"喂"了好几声,对方还是一声不吭,他气恼地骂了一句"神经病","咔嚓"挂上了电话。

就在费扬为这不明不白的电话纳闷的时候,突然妻子阿芳神色慌张地奔了进来。

费扬急切地问:"阿芳,出了什么事?"

原来,费扬今晚在万人体育馆举行个人独唱音乐会,妻子阿芳像喝了"太阳神",来了精神。她要在同事面前炫耀炫耀,就特意到对面楼的同事家去看电视现场直播。她听着同事们对丈夫的赞扬,受到同事们的恭维,心里比吃了佳佳奶糖还甜!

离开同事家在走下楼梯的时候,黑暗中,她发现在楼梯的窗台前伏着一个人,她并未在意,哪知那个人一听见脚步声,竟像一只野猫"呼"地一蹿,不见了踪影,快得连是男是女,是老是少,都没看清楚。

这个人反常的举动立即引起了阿芳的注意,她走到窗台前那人刚才站的位置,朝下一望,顿时吓了一跳,从窗口望下去,正好是自己的家,家里的一切看得一清二楚。阿芳想,那人准是个贼,贼的目光盯上我们的家了!

在妻子的命令下,费扬把家里的存单、首饰及一切值钱的东西,藏的藏,锁的锁,做好一切准备,专等这批贼爷光临,让他们高兴而来,败兴而去。

第二天妻子上班去了。按习惯费扬一早起来,打开窗户,就开始练声。正当他唱得罗汉思情、嫦娥想嫁的时候,只见"刷"地一道亮光直射费扬面门。费扬一怔,从这亮光,他马上想到那只奇怪的电话,想到对面楼梯口的黑影,马上想到有人说的:出多少风头,跌多少跟头。天哪! 没想到我费扬刚刚冒尖,就被贼爷们盯上了!

费扬见亮光来自对面那幢楼,便朝对面一看,只见对面楼梯口的窗开着,窗前确实有个人影。那人影一见费扬,马上闪开了。

费扬大怒,骂一声:"妈的,你把我当作目标,我今天就让你白娘娘吃雄黄酒,现出原形!"

费扬想罢,头一低,腰一猫,以百米冲刺的速度冲出房间,冲出大楼,冲上了对面的楼梯,可是已经晚了,那贼爷爷已经领先一步,逃之夭夭了!费扬气得五脏六腑都快冒火了。

尽管费扬一无所获,但他这一冲还是有效果的。贼爷们也许知道他的头不那么好剃,把头缩了回去,此后一连几天,太平无事。

星期六晚上,阿芳回娘家去了,费扬打算星期天痛痛快快睡个懒觉,哪知天刚亮,门铃就"叮咚、叮咚"地闹起来。

是谁这么早上门了,是阿芳回来突击考察?不对,不对,阿芳有钥匙,悄悄开门闯进来那才能考察出名堂来!

想归想,费扬还是立即跑去打开了门。就在开门的一刹那,他一下子呆住了,门外站着的根本不是阿芳,而是一个十五六岁的陌生小姑娘。

费扬奇怪地问:"你找谁?"

小姑娘两颊绯红,局促不安地说:"费老师,我……我给您送牛奶。"

送牛奶?送牛奶的不是一位老头吗?怎么换上了一个小姑娘?费扬心里又添了一个疑团。

小姑娘的眼睛比针还尖:"那送牛奶的爷爷病了,所以我……"

噢,是这样。费扬接过牛奶,欠了欠身子:"谢谢你。"说完转过身,放下牛奶,准备关门。可是他发现小姑娘还站在原地没有走,而且两眼紧紧地盯着自己的背部出神。

费扬连忙问："姑娘,还有事吗?"

"没有,没有。"小姑娘的脸更红了。她风一样旋过身子,奔出了走道,奔下了楼梯。

尽管小姑娘文静、腼腆,但费扬还是把她和几天前那电话、黑影和亮光联系在了一起:会不会她是贼爷一伙的呢?

费扬无意中朝楼下望了一眼。这一望,他的眼睛突然定住了:原来他清清楚楚地看到那个送牛奶的老头正在楼下发牛奶。事情明摆着,"送牛奶的爷爷病了"完全是一派胡言,她进门送牛奶另有目的!

为了证实自己的猜想,费扬走下楼来到了送牛奶老头的面前:"大伯,你没事吧? 刚才一位小姑娘来送牛奶,我以为你……"

送牛奶的老头笑笑说:"噢,你是 502 室的吧? 刚才一位好心的小姑娘硬要替我送牛奶,让我少跑了一次五层楼。这小姑娘嘴又甜,心又好,是个小雷锋!"

小姑娘说谎已被证实,但是老头把她说成是小雷锋,费扬当然不敢苟同。他辞别了老头,又到周围兜了一圈,然后缓缓地走上楼。

刚打开房间的铁门,就见有个牛皮纸信封躺在地上,费扬俯下身子拾起信封,只见信封上写着"费老师收"四个字。

费扬一愣:谁给我的? 他来不及思索,急忙撕开信封。可信封里没有信纸,只有一盘录音带。费扬把录音带推进了录音机。

随着"咔嚓"一声,录音机里传出了一个稚嫩的小姑娘的声音:

　　"费扬老师,我看了您的演出,真的被您的歌声迷住了。我没有勇气对您说,但我又抑制不住激动的心情,所以给您打了电话。可电话接通了，我却不敢开口说话；我站在楼梯口窥视您的举止，当有人走来，我又心慌意乱地逃开了；今天还推说送牛奶的爷爷病了，我把牛奶送到了您的手里。我今年十六岁。十六岁是诗，是歌，是梦。我想向您提一个要求，希望您在七点钟的无声电话中唱一首您最爱的歌。请您答应，不要让十六岁的诗和歌破残，不要让十六岁的梦破灭！"

　　幕揭开了，一切疑问像投进热水中的冰块，顷刻间融化。原来电话、黑影、谎言背后是一颗纯洁的心。自己把生活想象得太紧张、太凶恶了。费扬自嘲地笑了笑，摇了摇头。

　　"嘀铃铃"，电话铃响了起来，费扬抬头看了一下石英挂钟，正好七点。一定是十六岁的小姑娘打来的！费扬拎起了话筒。

　　"'十六岁'是你吗？我答应你的要求，给你唱一首《你匆匆而来》。"接着，费扬唱道，"你离家匆匆而来，我挪开了细雨打湿的花伞，我们该有许多对话，我渴望着但我只会期待……"

　　费扬唱歌一向是很投入的，一唱便入痴入迷。今天那个小姑娘听到一半竟哭了起来，听筒里传来了她断断续续的抽泣声。

　　"你怎么了？"费扬怔住了。他想，老年人听情歌哭，是感慨人生的短暂；中年人听情歌哭，是回忆过去初恋的旧情的失落。一个十六岁的少女听情歌，怎么也会泪流满面呢？

　　费扬满腹狐疑地问："十六岁，你告诉我，你为什么哭了？"

　　"费老师……您从窗口看一下……对面603室的窗玻璃上贴着什么，您……就清楚了。"

　　费扬搁下电话，奔到窗前，朝对面603室望去。只见窗玻璃上贴着四张扑克牌。一张"5"，一张"A"，一张"6"，一张"4"。5、A、6、4，这是什么意思？十六岁的哭与这四张牌有什么联系？费扬实在猜不透。

他重新奔到电话机旁,拿起了电话:"喂,十六岁,这四张牌,我看不懂呀!"

对方没有声音。

"喂?喂!"费扬连喊几声,却毫无反应。这时他明白了,十六岁已经挂断了电话。

一定要搞清楚,这到底是怎么回事。费扬装了一肚子的问号,爬上了对面那幢楼,走进了603室的门。

一进门,费扬第一眼就看见墙上贴着一张三十吋的大照片,照片是自己正在喝咖啡。这张照片自己从未见过,谁照的?在哪里照的?费扬像闯进一个陌生的世界,既好奇,又困惑。

"费老师,真对不起,是那天早上,我从楼梯口的窗户那里偷拍的。"

费扬想起来了,那道亮光,原来是照相机上的闪光灯发出的。

大照片底下,又是四张扑克:5、A、6、4。

费扬问道,"这四张牌,什么意思?"

十六岁用手捂住涨红的脸:"老师用上海话念一遍,就知道了。"

"5、A、6、4,我——爱——老——师?"在费扬还没有来得及反应过来的时候,十六岁一下子扑进了他的怀里。

费扬现在懂了:十六岁长了一个祝英台的心眼,把自己当作了梁山伯! 一个彻彻底底的国际玩笑!

"十六岁,十六岁……"费扬轻轻地推开了小姑娘,说,"你太年轻了。你不懂爱情是棵树,不应该过早地把自己吊在这棵树上。十六岁正是学习知识的年龄,尤其是现在的社会,靠竞争来生存,靠竞争来发展。如果没有充足的知识,能竞争到一个合适你的工作吗?能竞争到一个合适你的白马王子吗?再说,我是个有家庭的人,改革开放还不至于到了扔开家庭的地步,这都是不现实的。不知道你能理解我吗?"

十六岁流着泪"嗯"了一声。

费扬掏出手绢递给了她。

她撇撇小嘴说:"老师,那您刚才为什么唱那首《你匆匆而来》呢?"

费扬想起来了,是自己唱了那首《你匆匆而来》的情歌使她产生了误解。

费扬后悔不该对一位少女唱情歌!他不由脸红了,忙说:"这是我的错,都怪我,怪我!十六岁,世上有好多宝贵的东西,不光光是爱情。这样吧,从明天开始,每天早晨七点钟,我在电话里给你唱首歌。你愿意吗?"

"愿意,愿意!"十六岁的脸由阴转晴,她兴奋得蹦跳起来。

第二天,墙上的石英挂钟刚指七点,电话铃又响了起来。费扬把电话当作话筒,唱了起来:"风儿轻轻地吹进了校园,带着花的芬芳,夹着蜜的香甜。阳光悄悄地洒进了课堂,送来一片春意,含着无限温暖……"

费扬哪里知道,这时对面的603室电话机前,聚集着十几个中学生。"让我听听。""让我听听!"大家正争着想近距离听一听费扬的声音,听一听那天音乐会上没有听到的歌。

(陶文进)

影星梦难圆

　　莉莉和琴琴是一对好朋友,她们在天山脚下一个县的中学读初三,今年都刚满十五岁。她俩从小能歌善舞,是班里文艺活动的积极分子。

　　琴琴的父亲是搞音乐的。这天课后,莉莉到琴琴家去玩,琴琴见好朋友来了,高高兴兴地弹起钢琴,那欢快的乐曲,那悠扬的琴声,使莉莉神采飘逸,她不由自主地随着曲子跳起舞来。那优美的舞姿,赢来琴琴一家人的连声称赞。琴琴的父亲夸奖说:"这孩子,是块搞文艺的料!"琴琴接口道:"爸爸,我们班的同学都说莉莉像刘晓庆呢,你看像吗?""像!说起来是有点儿像哩!"琴琴的父亲随声附和道。

　　谁知,说者无意,听者有心。这天晚上,莉莉失眠了,"刘晓庆"这大影星的名字不断在她耳畔萦绕,勾起了她藏在心底的悠悠影星梦。她起身下床,打开立柜,翻出最漂亮的节日礼服穿上,对着镜子,时而跳一段舞蹈,时而来一个造型,时而唱一首曲子,时而朗诵一篇诗文……一直折腾到东方发白。

第二天中午下课回家时,莉莉把心事对琴琴一说,恰好和琴琴的心意不谋而合。琴琴说:"我爸爸说过,有志者事竟成!我们不能坐等机遇送上门,要主动寻找机遇。很多明星不都是这样走上银幕的吗?"

琴琴的一席话,说得莉莉心花怒放。两个小姑娘说干就干,她们分别给父母留下一封简短的信,当天下午就搭上了东去的列车。

莉莉和琴琴的出走,给两家人造成的震动不亚于七级地震。莉莉的妈妈拿着莉莉留下的信风风火火来到学校,找到了班主任陈老师。陈老师展开一看,只见信上这样写着:

亲爱的爸爸妈妈:

我可以自豪地告诉你们:我去寻找一条光明之路了。我和别人离家出走是不同的,请你们不要着急,我这次是下了决心的,不达到目的决不罢休!下次你们见到我,将是在一个出乎你们意料的场合。请你们相信我,这绝不是一个小孩一时的冲动,我已经是一个大人了。再见,祝身体保重!

你们的女儿 莉莉

陈老师问了莉莉妈妈莉莉最近的表现后,就急忙向琴琴家赶去。这时琴琴家也乱成一团,琴琴的父亲回想起那天下午莉莉在他们家玩的情景,着急地对陈老师说:"唉,这两个孩子,一定是到电影制片厂去了,我马上想办法去找他们。"

　　再说莉莉和琴琴,这时候已经坐了一天的火车。从未离开过父母的两个小姑娘,此时自然想起了慈祥可亲的父母和生活了十几年的温暖舒适的家,孤寂感不由袭上心头,她们硬是忍着没哭出来,随着火车那单调沉闷的隆隆声,慢慢地进入了梦乡。

　　不知过了多久,她们被一阵喊声惊醒了:"小妹妹,看,你们的东西掉了!"她俩睁眼一看,见对面坐着一位约摸二十来岁白皙俊俏的姑娘,她手中拿着一本琴琴刚才翻过的《大众电影》。

　　"谢谢!"琴琴和莉莉谢了一声,见那姑娘注视着她俩,立刻睡意全无。只见那姑娘满面春风,笑嘻嘻地问道:"你们困成这样,是去哪儿啊?""我们——"琴琴刚要说,莉莉忙向她递了个眼色,琴琴明白了,对,见生人不能说真话,路上坏人多着呢。于是,她撒了个谎,说:"我们是大学生,要到邻省上学去!"那姑娘"哦"了一声,便缄口不语了。

　　不一会,火车进了一个小站,那姑娘下车了。可没过几分钟,她手里托着个滚圆的大西瓜,又上了车,笑着说:"来,吃瓜!"她边说边从提包里拿出一把小刀,熟练地切开西瓜,递给琴琴和莉莉一人一块。莉莉和琴琴你看我、我看你,谁也不接。

　　那姑娘笑道:"这瓜有毒吗? 啊呀,你们学生一路辛苦,此时又远离父母,我这当姐姐的还能害你们不成?"一听这话,琴琴和莉莉不好意思地笑了,于是就接过瓜吃了起来,心里说:吃瓜归吃瓜,警惕性可不能丢。

　　吃完瓜,琴琴便盘问对方;"大姐,你是干什么的? 我看你不像学生。""我吗?"那姑娘神秘地眨眨眼,"你们看我像什么人呢?"琴琴和莉莉睁大眼睛瞧了对方好一会儿,摇摇头。那姑娘说:"我是县京剧团的演员,叫林娜。喏,这是我的身份证。"林娜边说边把自己的身份证递给她们。琴琴和莉莉看看身份证上的相片。再看看面前这位大姐,确认符合了,才放下心来,说:"对不起,林姐,我们怕遇上坏人才……"

"哈哈，"林娜一阵大笑，说，"你看我像坏人吗?"琴琴和莉莉连连摇头。是啊，面前这位眉清目秀的大姐能和坏人挂上钩吗?这时，林娜又开了口："北影拍摄一部叫《侠女遗恨》的电视剧，我此行是应邀去扮演剧中女主角的……"她见琴琴和莉莉露出怀疑的神色，又解释说，"是这样，我在县剧团扮的是武生，学过几套地方拳术，演起侠女来不受约束，可以放得开。再者，这部电视剧的导演是大名鼎鼎的谢林，和我是一个县的人，这样我也算为自己的父老乡亲尽点义务吧!"

这番合情合理的解释使两位小姑娘疑虑全消，她们就一股脑儿地将自己压在心底的理想、苦恼全抖了出来。末了，声泪俱下地说："我们俩也要跟你去，去见见那位导演，哪怕试一个镜头也行。不行的话，我们坚决回去，不再给你添麻烦!"

林娜似乎没料到这一手，她犹豫着，沉吟着。两位姑娘急了，一人拉一个胳膊，"林姐、林姐"叫个不停。"好，我试试看!"林娜终于松了口。莉莉和琴琴乐得搂着她的脖子笑个不停。

就这样，三个姑娘一路笑着，说着，很快到达了某市车站。

"我们先找个旅馆住下，下午转车直达北京!"林娜笑嘻嘻地吩咐着，"今天还有一点时间，我想到附近郊区会个朋友，你们去吗?"两个小姑娘欣然点头："你走到哪，我们就跟到哪!""那好吧，只是到了朋友家，不要乱问，我这位朋友脾气怪!"

出了车站，林娜叫了辆出租车，三个人一路上谈笑风生。下车后，林娜领着琴琴和莉莉沿着田间崎岖不平的小路一直往前走去。可谁知越往前走，人越稀少，路边荒草萋萋，秋风阵阵，两个小姑娘不由害怕起来，心儿"扑腾、扑腾"乱跳，寸步不离地紧紧跟着林娜。

林娜似乎对这儿的路很熟悉，七拐八拐，终于在一间破旧不堪的瓦房前停住脚，敲响了门。

只听"嘎吱"一声，门儿打开了，从里面探出一个丑陋的男人脑袋,当他看清林娜后,立刻咧着嘴笑了,把三个人迎进屋里。

屋内又脏又乱,昏暗狭小。林娜一进屋就和那丑男人到一边嘀嘀咕咕了半天,丑男人不时地偷偷看看琴琴和莉莉,最后慌不择路地出了门。屋里只剩下她们三个人,四周静得出奇,林娜连连打着呵欠,还不时抬腕看看表,显得焦急万分。

莉莉和琴琴自打见了那个丑男人,就觉得事情越来越不对头。莉莉想起不久前看到一位女研究生被人贩子拐卖的消息,联想到眼前的情景,不禁心里着急起来。她想:这个叫林娜的女人决不是什么演员,一定也是个人贩子,这丑男人准是窝主,现在又去找买主了。她望望琴琴,琴琴也在看她。两个小姑娘心里都在想:怎么办?

此刻,林娜似乎发觉了她俩的心思,微笑着对她们说:"别怕,这是我一个远方的表哥,前几年死了老婆。别看他长得丑一点,心可善良着呢!"

一听这话,莉莉和琴琴脸都吓白了:下一步,准是那个丑男人带上几个五大三粗的男人来强行拉她们去拜堂成亲。然后是眼前这位女骗子接过一笔可观的酬劳费,笑吟吟地逃之夭夭……

"不,就是死,也决不能让他们的阴谋得逞!"莉莉的脑子飞快地转着。她真后悔当初离家时没向父母说明,如果被人贩子不明不白地卖到这里,自己的一切就全完了。她知道这时哭、悔、求饶都是徒劳的,必须设法离开这里。她暗暗下了决心,悄悄地拉了拉琴琴的手,对林娜说:"林大姐,我和琴琴闷死了,想出去走走,看看田野的风光!"

"不行! 你们人生地不熟的,跑丢了怎么办?"

莉莉再也按捺不住心中的怒火,冲口骂道:"你这个女骗子,我知道你是想将我们卖给那个丑男人。说,你准备将我们卖多少钱?"

谁知林娜听了哈哈大笑，说："实话说吧，我是骗了你们，但这是为你们好。待会，你们自然就明白了！"

一听这话，两人都傻眼了，事到如今，女骗子的真实嘴脸全露了出来。该如何是好？对，趁那丑男人没回来之前，一定要冲出去，离开这间破房子。于是她们不顾一切地冲上去，拉开了门。

不料，那个丑男人正站在门外。丑男人对她们说："你们看，谁来了？"说完，一闪身立到一边。

"啊，爸爸！"琴琴惊喜万分地扑了上去，嘤嘤地哭起来。莉莉也像见到了救星，紧紧拉着琴琴爸爸的手。

琴琴说："爸爸，你知道吗？我们差点被卖掉！"莉莉急切地问："叔叔，你是怎么找到我们的？"琴琴爸爸说："这得感谢你们这位林大姐呀！""啊？"琴琴和莉莉吃惊地张大了嘴。

原来林娜确是和莉莉、琴琴同一县城的京剧演员，因为工作关系和琴琴爸爸早就认识，并在琴琴爸爸的办公室里见过琴琴的照片，而且听琴琴爸爸谈过琴琴，知道她是个影迷。这回她是去北京参加一个戏剧研讨会的，恰巧在火车上见到了琴琴。她从两个小姑娘的神态和举止中已猜出几分事由，经过交谈，证实她们确是背着大人出来的。怎样才能稳住她们，使她们平安回家呢？林娜决定将计就计，于是便谎称自己去拍片，诱使她们与自己同行，然后趁火车到一个小站的短暂时刻急忙下车，给琴琴爸爸挂了电话，约琴琴爸爸乘快车赶到某城外的表哥家见面。

真相大白了，琴琴和莉莉红着脸向林娜道歉。临别时，林娜深情地对两个小姑娘说："再见，小妹妹，回去后要安心学习，如果以后有招考演员的消息，我一定及时通知你们。"

（张新慧）

夜莺鸟惊心

申江广播电台新辟了"夜莺热线"节目以后,听众的电话连续不断。下面千根线,上面一根针,忙得播音员潘婷像滑了牙的螺丝帽,团团转。

这天刚开播不久,电话编辑说有个紧急电话,潘婷立刻接了过来:"喂,我是夜莺热线,你有什么事吗?请说。"

电话里传来一个青年女子紧张急促的声音:"我……我向你求……求救,快救救我!"

潘婷一怔:求救?为什么求救?是失火?是抢劫?是突然发生事故?

她说道:"别急,你慢慢说。究竟发生了什么事?"

听筒里传来了嘤嘤的哭泣声。

原来对方这位女子叫赵燕华,是从山东来闯上海的。三个月前结识了几个做钢材生意的人,经过几次接触,赵燕华才知道他们是做无本生意的,专门盗窃钢材、木料。赵燕华想洗手不干,可是谈何容易,昨天那个当头的已经话外有音了:"进了这里的门,就是这里的人。谁想装斯文装清白,甩了咱哥儿们,那么先撕下他的脸皮作鼓面!"赵燕华完全明白这话的意思,不知道自己在哪里露出了破绽。她有一种预感,这几天要出事。可是偌大的上海城,她没有一个熟悉的人,向哪里呼救呢?于是她拨通了夜莺热线电话。

潘婷呆住了:夜莺热线收到过各种各样的电话。可是收到求救电话还是第一次。

"你别紧张,"潘婷关切地说,"据我估计,那批犯罪分子目前还不至于下毒手,上海毕竟是个讲法制的城市,那样做对他们也没有好处。我建议你从现在的住处搬出来,要不露声色,悄悄地离开。同时你应该报告公安部门,检举他们一伙的犯罪勾当。那个头叫什么名字?他们的会面地点在哪里?你能告诉我吗?"

"不,我不!"电话里传来了对方固执的声音,"这样做,他们一定不会放过我的。真的,他们做得到。"

突然,赵燕华尖叫起来:"不好!不好!他们来了,他们正在……撬门!"

潘婷闭上眼睛,尽力分辨电话听筒里传来的各种声响,确定听见了一种用铁器砸门把手的声音。

门是上了锁的,但不堪一击,潘婷知道情况紧急!提高嗓门喊道:"赵燕华,你现在在哪里?你在哪里?快告诉我,公安部门会来帮助你的!"

可是听筒里只有移动桌子的声音和粗粗的喘气声,潘婷猜想这一定是赵燕华在建筑最后一道脆弱的防线。

"赵燕华,你听见没有?赵燕华!我正在呼叫你,听见了吗?"可是对方还是没有答话。

这时,听筒里传来了门锁"咔嚓"跳开的声音,紧接着是杂乱的脚步声越来越近,潘婷猜想一定是赵燕华说的那伙人进了屋子!她急得心"怦怦"直跳。

"哐啷"一声,是玻璃杯撞在墙上破碎的声音,接着传来的是短兵相接搏斗的声音。潘婷感到唇干舌燥,焦急和担心充满了全身,她想帮助赵燕华,可是可听不可及。怎么办呢?

这时,一旁的电话编辑问道:"潘姐,有许多听众来电话,也有公安局的。你看该接哪一个?"

潘婷当机立断,接公安局,请公安局帮忙!

电话很快接通了,潘婷急切地说:"喂,公安局的同志吗?我是夜莺热线。刚才有个山东姑娘打来了求救电话……"

"我全听到了,我们公安部门的同志正整装待发,决不允许罪犯猖獗。但是赵燕华现在的地址我们不清楚,电话局的同志趁对方电话还未挂断,正在迅速查找地址!"

"太谢谢了!我代表赵燕华谢谢你们!"

但就在这时,电话编辑告诉潘婷,赵燕华那只电话突然中断。电话线一断,更难查了,潘婷心里焦急如焚。

公安局的同志当机立断,立刻利用夜莺热线向罪犯发起了政治攻势。

几百个热心的听众打电话来,有的表示支持赵燕华,要与犯罪分子作斗争;有的正告犯罪分子,勒令他们立即释放那位山东姑娘;也有的愿意协助公安机关,帮助寻找赵燕华下落;甚至有个个体户为赵燕华的将来打算,愿意收留她,每月给薪水五百元。赵燕华的遭遇牵动了全上海人民的心,成千上万的人们注视着那位山东姑娘的安危和事态的发展。

两个小时的夜莺热线节目过去了,但都没有赵燕华的任何消息,潘婷几次三番对罪犯"喊话",也没有收到任何效果。

潘婷正考虑下一步该怎么办,电话编辑告诉她:"你的电话,一个男孩打来的。"

潘婷拿起了话筒:"我是夜莺热线主持人潘婷,有什么事吗?请说。"

电话的另一边没有人回答,只听见对方鼻子"呼哧呼哧"喘着粗气,看来他很紧张。

"喂,有什么事吗?"潘婷皱了皱眉头,继续问道。

对方还是没有声音,过了好一会儿,才开口道:"潘……阿姨,我想……想找你谈谈。"

"好啊!"潘婷表示欢迎,可那孩子却沉默了一会儿,说这是个秘密,秘密必须单独谈。

潘婷也有孩子,她了解现在的孩子,于是她爽快地答应了。地点呢,孩子选在红苹果咖啡馆五号桌,时间是半小时以后。

潘婷冒着雨准时赶到了咖啡馆。

可是五号桌上没有人。潘婷等了十分钟,仍然不见孩子的影子。是乘车误点了?是和我开玩笑?还是故意设个圈套让我钻?

潘婷在桌边站了一会儿。突然,她发现桌子玻璃台板底下压着一张叠着的粉红色纸,上面写着"潘阿姨收"四个字。她立即抽出那张信纸,只见上面这样写着:

潘阿姨:

　　我们都是夜莺热线的忠实听众。通过你甜润的嗓音,我们越来越感到亲切,并把你当作了我们的妈妈。

　　今天是愚人节,为了和你开个玩笑,我们三个同学杜撰了一个山东姑娘被盗窃集团绑架的故事。真没想到这个故事竟然引起了全市人民的关心,甚至公安局的叔叔也加入了,我们知道了事情的严重性。

　　公安局的叔叔、阿姨都是亨特、麦考尔,什么事也瞒不过他们的眼睛。由于害怕,我们中的一个女同学吓得哭了。在你看到这封信的时候,我们已经离开上海了。我们不愿离开父母,也不愿离开学校,但是为了逃避承担责任,我们只能这样做。

我们向你道歉,向公安局的叔叔、阿姨道歉,向全上海的人民道歉。请你们原谅我们。

三个不懂事的孩子

看了这封信,潘婷傻了,想不到一次惊心动魄的绑架案竟是孩子们胡编的故事,成千上万人的关心和加入,竟是一场毫无价值的空忙。孩子呀,真是太不懂事了,怎么能开这么大的玩笑呀?现在担心被捉起来,又急于逃离上海,这真是一错再错!不知道这些鲁莽的孩子又会闯出什么祸来。对,拦住他们,绝不能让他们沿着错误的道路滑下去!

潘婷立即赶回到广播电台,在"相伴到黎明"节目里读了孩子的来信,并要求市民帮助寻找这三个不懂事的孩子。

十分钟后,一个汽车售票员来电话说,有三个孩子乘她那辆末班车去了火车站,手里都提着一些行李,是两个男孩,一个女孩,年龄在十五六岁左右。

潘婷搁下电话,撑起伞,风驰电掣般赶到了火车站,冲进候车室。可是候车的人寥寥无几,其中根本没有孩子,看来他们已经乘上火车走了。

他们乘坐的是第几次车?去的目的地是哪里?潘婷无法知道。下一步的围追堵截是没法进行下去了,她只得拖着沉重的步履走回家去。

潘婷到家门开门,不知怎么,今天的门把手特别不好使,她费了好大的劲才将门打开。进了门,她感到很渴,想喝水,发现杯盘里少了一只玻璃杯。忽然一个念头在脑际闪亮:玻璃杯?门把手？这不都是电话中使用过的道具吗？而且女儿小倩是电影译制片厂的业余配音演员，能模仿不同年龄人的声音。再说她父亲原籍山东，她的山东话说得特别准。会不会是她？

很有可能！

为了证实自己的猜测，潘婷把屋子扫了一遍，果然在地上发现了玻璃杯的碎片。她又仔细地观察了一下门把手，果然发现上面有铁器砸过的痕迹。

看来三个孩子中的一个女孩子，一定是女儿无疑了。三个孩子走了，那不就意味着女儿也走了？想到这儿，心急火燎的潘婷推开女儿的房门，冲了进去。

可是潘婷估计错了，她女儿小倩并没有走，正睡在床上，发出淡淡的鼻息声。见女儿在家，潘婷觉得自己太神经过敏了，她自嘲地摇了摇头。

忽然她的目光在女儿的皮鞋上停住了。不对！鞋面是湿的，鞋底是湿的，连鞋垫也是湿的。下雨是在晚上十点钟开始的，这说明女儿在十点钟以后出过门。

会不会她去过火车站，后来又返回来了呢？有可能。潘婷立即打开衣柜，果然在衣柜里发现了湿漉漉的旅行包和塞得满满的一包衣物。

潘婷坐到女儿床边，仔细地端详着女儿。发现小倩的睫毛在抖动，鼻息也不自然，显然她并没有睡着，于是潘婷叫"醒"了她。

在母亲的一再追问下，女儿终于说出了真情。

原来小倩和同学胖子、大熊很要好，一起讨论一个普通人的命运会不会受到社会的重视这个问题。双方持有不同意见。为了以事实征服对方，小倩自编自演了"山东姑娘被绑架"这出戏。小倩打赌赢了，但是没想到这事竟轰动了整个上海，于是他们惊慌失措，打算逃离上海。由胖子给潘婷打电话，并送去一封信。

在赶到火车站以后,由于缺乏盘缠等原因,三个孩子意见产生了分歧,最后各自重新返回家中。

说到这里,小倩扑进潘婷的怀里,"呜呜"地哭了起来:"妈妈,妈妈,我们该怎么办?"

潘婷抚摸着女儿的秀发,语重心长地说:"十六岁应该是个懂事的年龄,应该知道生活不是梦幻,也不是游戏,不能因为年幼无知,凭着性子闯祸。你们今天是在开破坏社会治安的玩笑,也是在开自己的玩笑!走,我带你到电台去,向所有关心这件事的叔叔阿姨表示歉意。同时作为母亲,我没有教育好你这十六岁的女儿,也应承担一定的法律责任。"

第二天早晨,申江广播电台"阳光广场"节目一开始,就播出了一个圆润、纯真的少女的声音:"我向全上海人民认错,向昨天晚上关心那位山东姑娘命运的叔叔、阿姨认错,因为这是幼稚的我们胡编的一个故事……"

（陶文进）

智 慧 的 风 铃

无刺的蔷薇是没有的,然而没有蔷薇的刺却很多。

关门捉贼

放寒假了，爸爸妈妈上班去了，小张聪独自在家里睡懒觉。

忽然他被一阵脚步声惊醒。

小张聪马上揉了揉眼睛，站起来朝外一看，见一个中年男子推开院门走进来，就问："叔叔，你找谁？我爸和我妈都上班去了。"

那中年男子愣了一下，忙回答："噢，我姓刘，和你爸爸是同一个单位工作的。"

听说是爸爸的同事，小张聪可高兴了："噢，我想起来了，是刘叔叔啊！爸爸常提起你，说你俩经常在一起喝酒、聊天。"小张聪边说边拿烟。

那中年男子抽着烟，眼睛骨碌碌转着。

其实这个人是个惯偷,他原想趁这家主人出门上班的机会,上门行窃,不料竟碰到了小张聪,现在见小张聪主动和自己套热乎,心里很高兴。

过了一会儿,他装作不在意的样子,对小张聪说:"五金商店刚到了一批彩电,买的人很多,你爸爸也想买,但他现在有急事,脱不开身,所以你爸爸刚才到单位就要我帮他回家取钱,迟了,就买不到了。"

小张聪一听,高兴得手舞足蹈起来:"噢,我们有彩电看了!"他抬头看了一下墙上的挂钟,有些着急地催道:"刘叔叔,那你快去呀!"

那小偷拍了一下脑袋,说:"瞧我这记性!你爸爸告诉我的放钱地方,我竟忘了,我还得回去一趟问问他。"

小张聪一把拉住,得意地说:"刘叔叔,你别去了,我知道爸爸钱放在哪里。"

"真的?"小偷两眼放出光来。

"嗯!"小张聪把嘴凑到他耳边,小声地说:"我家钱就放在厨房的菜窖里,我亲眼看见爸爸放进去的。"

"嘿嘿,你这个小机灵鬼啊!快带叔叔去拿。"小偷乐得浑身发抖。

在东北,几乎家家都有储藏蔬菜用的菜窖,那盖儿是用厚木板钉的,盖的一边固定在窖口的木框上,另一边用锁锁住,那地方藏东西倒是万无一失。

小张聪带着那人来到菜窖边,用钥匙打开了锁头,然后又拿来手电筒,说:"刘叔叔,钱是放在一个木盒子里,你自己去拿吧。"

那小偷接过手电筒,掀开盖子,朝菜窖里一照,发现里面黑洞洞的,从上到下约有4米深,土壁上用镐抠了一排小坑,当作上下用的梯子。

小偷看清之后,就踩着梯子下去了。

当他刚刚走到窖底,只听趴在窖口的小张聪大声说道:"刘叔叔,你在洞里好好找一找吧!"说完这话,"咣当"一声,将厚木板的盖子盖上,并上了锁,然后,一溜烟儿跑着去叫隔壁邻居了。

很快,小张聪叫来了公安人员,逮住了小偷。

那么,小张聪是怎么判断出这人不是爸爸的同事而是小偷的呢?

原来小张聪对这位不速之客上门,本来就有怀疑,后来又听他说,爸爸到单位后让他来取钱,心里就更加不相信了,因为他知道,从家里到爸爸单位,就是骑车一个来回也至少需要一个小时,而现在,他看了一下挂钟,爸爸离家还不到40分钟。又经过一番闲聊,小张聪更加吃准此人是小偷,可是自己人小力气小,不是小偷的对手,这可怎么办呢?聪明的小张聪想起了那个菜窖,便将计就计,制服了小偷。

（马树军）

以逸待劳

　　婷婷好淘气，家里买回点什么新奇东西，她总喜欢摸摸碰碰，大人在场时还常常拆了重安，弄坏了好几样东西，妈妈没少批评她。

　　这一天是星期日，爸爸、妈妈都没放假，他们把婷婷反锁在屋里，让她认真做作业。

　　婷婷做了一阵作业，感到有些渴，就找来电水壶，灌满水，接上了电源。不多久，婷婷听到院门有响声，她以为是爸爸回来了，就把窗帘掀开一点往外看。

　　门开了，进来一个穿黄呢子大衣的男人，这人手提一根铁棍，探头探脑，回手就把院门关上了。

　　婷婷大吃一惊，这不是小偷吗？她赶紧把里屋的门反锁上，在贴地面的地方还有个插销,婷婷也悄悄地给插上了。

那个小偷悄悄来到房前,见门锁着,就来到窗前,想看看房内的情况,因有窗帘挡着,他什么也看不见。

婷婷吓得贴在窗边,大气也不敢出。

小偷听听屋里没动静,就开始动手了,只听"哗啦"一声响,门玻璃被割下去一块,一只毛茸茸的手伸进来开暗锁。

眼看要开开了,婷婷一急,举起地上的洗衣板,狠命地向那只手砸去,只听"哎哟"一声,手缩了回去。

婷婷赶紧敲墙壁,心想隔壁的王叔叔听见就好了。可是,没有回声。

这时那只手又伸进来,没去开暗锁,而是把整块玻璃都起了去,掀开门帘,见只有婷婷一个孩子在屋,立刻凶相毕露,压低声音吼道:"小崽子,把门开开,要不,我掐死你!"

婷婷举着那块洗衣板,小偷一伸手,她就砸过去。婷婷力气太小,砸几下,没有了力气,那小偷干脆不躲,硬把暗锁扭开。

婷婷吓得叫起来。

那小偷一推门,还是开不了,低头一看,发现门下面的插销。他又冲婷婷喊:"把它开开,不然,我打死你!"

"你敢!你进不来!"

婷婷高喊:"抓小偷啦!"

没人答应。对面是家理发店,音乐放得嗷嗷响,喊声根本听不到。

小偷嘿嘿一笑:"小崽子,等会儿我整死你!"他从拔掉玻璃的地方伸进胳膊,去拔那个门下的插销,可手太短,够不着,那小偷索性连脑袋也探进来。

不好啦,差半尺就要够着那插销啦!这可怎么办?婷婷一看,电水壶里的水开了。她灵机一动,提起水壶,劈头朝小偷头上倒去。

滚烫的开水浇在小偷脖子上,只听他一声怪叫,那只手就缩了回去。

婷婷才不管呐,将剩下的开水全倒了下去,小偷被烫得直歪嘴,脸上烫破了皮,眼睛肿得什么也看不见。他想逃,可身子探进来太多,一时间怎么也抽不回去。

婷婷见状大喜,她又抄起洗衣板,用力朝小偷脑袋打去,小偷哼哼了几声,头耷拉了下来。

婷婷赶紧打开窗,跳到院子里,拔腿跑到对面理发店王爷爷家,把小偷进屋的事说了。

不一会,派出所的人来了,小偷被抓住了。

妈妈夸婷婷聪明,立了大功,婷婷说:"我还没长大,待我长大了,去当警察,把天下的坏蛋都抓光。"

(顾文显)

调虎离山

　　军军和强强是秦镇派出所所长雷铁锤的孪生儿子，明年就上初中了。两人虽然长相一模一样，可秉性却大不相同。强强生性活泼好动，一天中很难有安分的时候；而军军则文静沉稳，长于心计。

　　这天晚上，强强怄气，连晚饭都吃不下。为啥呀？原来，下午他在獴山上打柴时，遇到一个自称是死里逃生的灾民，出于怜悯，他把带的干粮全送给那人吃了，想不到回到村里，才知道那个灾民却原来是越狱潜逃的罪犯杨魁。

　　军军见弟弟垂头丧气的样子，笑着说：“强强，别愣神儿了，快吃饭。你想想，十年前，是爸爸把杨魁逮捕归案的，下午他没认出你，没报复你，就已经‘阿弥陀佛’了，你就当那几块饼子喂狗了。这算得了什么！咱先把肚子填饱，然后再想个法子逮住杨魁，不就雪耻立功了？"

听军军这么一说，强强才换上了笑脸。小哥俩便狼吞虎咽地吃起饭来。

吃着吃着，军军忽然想起了什么："嗯，强强，你说，这杨魁逃跑，为什么不往别处跑，偏往家乡跑？他就不怕村里人认出他来，把他抓住吗？"

强强两眼一瞪："就是呀！这儿他只有一个老爹，连媳妇娃娃都没有，回来干啥呀？"

军军沉思了片刻，问道："你说说，杨魁下午都跟你说了些什么，看能不能从他的话里找出点儿线索来。爸爸他们破案，都是这样分析的。"

强强想了想说："他问我，咱们这儿林子这么多，怎么没大树？"

"你怎么说了？"

"我说怎么没有，光北山坡那棵老槐树，有你八个也抱不住。"

"他怎么说了？"

"他好像很吃惊，说有那么粗的树，在哪呐，我怎么没看见？"

"那，你怎么说了？"

"我能怎么说呢？那棵老槐树已经枯死了，树枝树干也让咱们砍了当柴烧了。我只得说：'你这个人真怪，肚子饿的问题都解决不了，还有心思管人家林子里的树大树小？'后来我就把他训走了。"

军军皱着眉，咬着下嘴唇儿，转了转眼珠子，突然一拍大腿："好了，我知道了，杨魁肯定在老槐树附近埋着什么东西！现在那棵老槐树没了，所以才变着法用话套你呢！"他顿了顿又说，"听大人们说，杨魁造过反，抄过家，盗过古墓，还走私文物。我想,他藏的不是枪支弹药,就是金银财宝!"

强强听了哥哥这番话,顿时乐得跳起来。

于是,小哥俩觉得得和杨魁抢时间!当天晚上,拿了电筒、铁锹、十字镐,带着叫"火龙"的棕毛狗,上了獴山。

小哥俩急匆匆来到老槐树原来的地方,让棕毛狗火龙去前边"放哨",他们就你一锹、我一镐地挖起来,挖到半夜,终于挖出一只已经生了锈的铁箱子。

小哥俩顿时高兴得手舞足蹈,他们一起用镐别开箱子上那有了锈斑的铁扣子和扎着的铁丝,揭开箱盖用电筒一照:天哪,里面满满装着一箱子金砖、金条、银元,还有一些他们不知该叫珠宝还是叫首饰的东西!于是,他们兴奋地把藏财宝的铁箱子抬到了村委会,受到了大人们的赞扬。

军军和强强回到家里,便上床睡了。军军一觉醒来,见天还没亮,猛然想到眼下他们虽把财宝送到村委会,可是逃犯杨魁不知现在躲哪儿了,这家伙可不能让他漏网了!这么一想,他再也睡不着了,他本想喊强强起来一块儿上山,可他见强强睡得正香,不忍心叫醒,就悄悄起来,留了一张纸条给强强,就一个人往獴山走去。

当他走到半路上,不料肚子不争气,就钻进玉米地里方便。就在这时,他忽然听到玉米地里传来一阵响动,他蹲下身子仔细一观察,只见一个穿黑衣服的人正鬼鬼祟祟地在东张西望。军军借着晨光仔细一看,认定这人就是逃犯杨魁。他便屏住呼吸,暗暗盯起杨魁的梢来。

他见杨魁穿过玉米地往北面逃去,他便抄近路追去。他翻过沟,却不见杨魁的踪影,于是他就学着电影上侦察员叔叔的动作,悄悄地在林中搜索起来。

没多大工夫,他就瞧见了正在树下休息的杨魁。他心里顿时又兴奋又紧张,急忙隐进一丛蒿草,思考起来。突然,他脑子里闪出一个假扮强强、拖住杨魁的完整计划来。于是,便大大咧咧地走出草丛,上前笑嘻嘻地开口道:"哈哈,你可真舒服,又在这儿养起神来啦!"

杨魁顿时吓得从地上跳起来,回头一看,见是个小孩,笑嘻嘻地朝自己走来,又听小孩说:"怎么啦,不认识啦? 书上说'滴水之恩,也当涌泉相报',你昨天吃了我四个饼子,今天就不认我啦?"杨魁一听这话,还以为军军就是自己昨天碰到过的强强,便松了口气,说:"喔,是你呀! 你的饼子真好吃。"

军军一乐:"好吃? 好吃我也不能天天给你送呀。噫,你猜,我昨天给过你饼子后,干吗去了。"

"干吗去了?"

"到北山坡,灌黄鼠狼去了。"

"北山坡? ……喔,灌出来了么?"

"灌了两壶水,也没灌出来。我不死心,就借了把锹,变灌为挖!"

"挖出什么来啦?"

"嘻,过去那儿有棵老槐树,黄鼠狼可多了。可我一只也没挖出来,我不服气,便狠劲儿把锹往坑里扎,只听'当'的一声……"

"啊! 扎上什么啦?"

"是啊,听声音,也不像是石头。我就猛挖了一阵儿,跳下去一看,嗨,原来是石头中间夹着个破铁箱子。"

"啊! 里头……装什么了没有?"

"嘻,打开一看,没啥好东西,全是些黄铜条条和块块,还有一些上面有人头的圆白铁片片,再就是一些大大小小的带色不带色的玻璃球蛋蛋什么的。"

杨魁听到这里,激动得实在不得了,可又不好表露,只得揉了揉鼻子,装出毫不关心的样子问:"那你,把那些破玩意儿扔哪啦?"

"嗯!"军军把头一摆,"东西虽不好,但挺好玩,我干吗要扔呀? 我见天黑了,又搬不动,就藏在一个山洞里了。"

听军军这么一说,杨魁马上来了精神,兴奋地拍着军军的肩膀说:"你真棒! 山洞在哪,带我去看看好吗?"

"看把你急的! 东西是我的,又不是你的。"

"不是我的? 咳,不是我的,看看总可以吧?"

"看看当然可以。反正你也没事儿,就帮我把东西抬到废品店去吧。放心,卖了钱,我请你吃馆子!"

"那太感谢你啦! 咱们快走吧?"

"好,跟我来。"

看到杨魁这么容易就上钩了,军军心里乐得什么儿似的,他一面跟杨魁拉着一些没边儿的话,一边带着他穿过密林,下到沟底,往南走了一段路,来到一个不大的石头洞口前。

"就是这个山洞。"军军用下巴指了指,接着一面解裤带,一面对杨魁说,"我要解个手,你先休息一会儿。别着急,在废品店开门前,咱准能带东西赶到那儿。"

杨魁虽然对这孩子存有戒心,但由于求宝心切,这会儿也就顾不了许多了。他望了望四周,见没啥异常情况,便走进了山洞。

可他万万没有料到,刚走进去几步,左脚突然踩空,随着一声震响,洞口便被一扇沉重的木门给封住了。

这是军军和强强帮村里的老猎人溜席爷改建的"天然野猪笼子",没想到一个暑假没把野猪圈住,倒把杨魁给圈进去了。

杨魁发觉中计,恼羞成怒地扑到洞口,摇着厚重的木门喊道:"快开门! 快开门! 你个小杂种!"

军军见杨魁上了圈套,心里那个乐哇,简直没法提了。要是强强在这儿,恐怕早就乐得前仰后合,满地打滚了。可军军这会儿的乐,却只是在心里,没有表露出来。他站起身,系好裤带,走上前来。他知道这只是拖住杨魁的第一步,下面的任务还很艰巨。他决计把这场戏继续演下去。他见杨魁在里面喊着叫开门,就俯下身,抱怨地说:"嗨,你呀,叫你先休息一会儿,你就是不听。这会儿被关在里头了,倒怪起我来啦!"

杨魁被军军整得真假难分,只好说:"好好好,都怪我不好,你快把门打开吧!"

军军一拍大腿:"这好办,你去搬箱子吧,在里边靠左手的那条石缝里,外边掩着草。"

杨魁只得在洞里摸起来。很快,杨魁就发现洞里既无石缝,也没有他那只梦寐以求的铁箱子。他悄悄摸到洞口,透过门缝儿朝外一看,见军军正踮起脚四下张望,顿时气得七窍生烟,砸着木门狂喊:"快开门!快开门!"

军军回过身来,笑着问:"哎,你怎么又喊上啦?"

"少啰唆,快开门!"

"急什么,你还没找到铁箱子呢。往里找,靠左边儿。"

杨魁知道说什么也没用了,便开始用手扳、用脚蹬、用肩撞门板。

军军正色道:"杨魁,别有力没处使了。这门野猪都拱不开,何况你这个该死的逃犯!"

杨魁咬牙切齿地说:"好哇!你个小杂种,挖了我的宝不说,还想整死我!等老子出来了,非砸死你不可!"说罢,便弯下腰,抓住门扇,往上用起劲儿来。

军军这才知道自己忽视了杨魁是本地人这一点。他害怕杨魁从自己手下逃跑,便急忙按照自己定的联络信号,连着打了几遍嗯哨,但却没听到任何回声。他回身一看,见门已被杨魁抬起了许多,便急中生智,顺手折了一根树枝,猛地从门缝里戳了进去。

杨魁正埋头抬门,没防备军军这一手,左腮一下子被刺了道血口子,还差点刺瞎了左眼。他疼得大叫一声,跌坐在地上。那刚抬起半尺高的门,也跟着重新压了下来。他不敢拖延时间,一骨碌又爬起身,装着抬门,实际上在同军军夺那根树枝。终于军军刺进去的树枝被他一把抓住。他又猛劲儿抬起门来。

洞外的军军也不示弱,他往里扔沙土,往下按门板,但因身小力薄,那门还是在一点点地往上升。于是,他便急忙离开洞口,两手做成喇叭状,高声喊道:"快来人呀!杨魁在这儿哪!逃犯在这儿哪!快来人呀!"

这时,接到村委会报告的公安干警,带领附近工厂、农村的民兵已经包围了獴山,正向山上搜索前进。

强强见了军军的纸条,也带着火龙来了。他刚钻出玉米地,就听到山上传来的嗷哨声,他知道这是军军发出的紧急信号,忙喊过火龙,箭一般地穿进了密林。

再说山洞里,杨魁趁军军喊人、打嗷哨的工夫,又一次把门抬了起来。军军回身见了,急忙对准杨魁露在门缝外的手指头,狠狠地踹了一脚。杨魁"啊"惨叫一声,手一缩,那沉重的门便又一次压了下来。他吮着淌出血来的手指头,把牙根一咬,重新扳住门板,猛一用力,那门终于被他提了起来,他一纵身拱出山洞,穷凶极恶地朝军军扑上来。

军军见状,撒腿就往沟南跑,杨魁紧追不放。军军虽然步子小,但身子灵活、利索。他左拐右转,虽然离杨魁并不远,但杨魁却很难抓住他。就这样一个追,一个逃,军军跑着跑着,不料脚下一滑,跌倒在地。他忙抓了一把砂土,撒向扑来的杨魁。杨魁左腮还在流血,右眼又被军军撒来的砂土钹得睁不开眼,但他还是像恶狼一样纵身抓住了军军。

军军竭力反抗,用脚踢,用手抓,用牙咬,但终究敌不过身高力大的杨魁。杨魁把心里的怨毒一齐移到了拳上、脚上,军军顿时被打得口鼻淌血,身体缩成了一团……

　　就在这千钧一发之时，只听"呜——"地一声，火龙箭一般地跑来，勇猛地扑了过去，一口咬住杨魁的左肩头，用力一扯便撕下一块肉来。杨魁痛得惨叫一声，丢下军军，拼命躲着火龙的撕咬。紧接着，强强也飞快地赶来，捡起地上一根树枝，朝杨魁没头没脸猛打起来。

　　就这样，火龙扑着咬，强强用棍打，不一会儿，杨魁就招架不住了，疼得满地打起滚来。

　　火龙的扑咬，强强的追打和杨魁的惨叫声，使昏死过去的军军慢慢地睁开了双眼。他看到杨魁在火龙和强强的夹击下，已经失去了还手之力，又见追捕杨魁的人马相继冲了过来，他那口鼻还在淌血的脸上，露出了胜利的微笑……

（王文明）

欲擒故纵

　　前石村村北有个 16 岁的独生女,名叫李奇,俊巧伶俐,品学兼优,是当地屈指可数的好孩子。以往,每逢假期她都要去城西的姥姥家,一来帮着姥姥做做家务,二来图个清静好温习功课。可今年暑假却去不得了,因为爸爸在村里承包了一个小鱼塘,需要人手帮忙。

　　农历初六那天,舅舅托人捎来口信,说最近城东发生了强奸案,奶奶见李奇放假了也没来,担心那孩子就是李奇,为此,每天忧虑重重,寝食不安。

　　李奇听说此事,就和爸爸商量,准备去看看姥姥。可爸爸有些放心不下,前几天那个女孩不就是孤身一人,才惨遭不幸的吗？李奇见状,急忙说道:"我骑自行车去。大白天的,不碍事。"

爸爸想想也是的，便点头同意了。于是李奇就带上几样礼物，跨上车子，一溜烟儿走了。

从前石村到城西足有三四十里路，李奇很快就赶到了。姥姥一见，双手抱住李奇，老泪纵横地说道："我的心肝儿，想死姥姥了，你怎么这个时候才来哟……"

李奇依偎在姥姥怀里，娇声细语地述说着家里近来的变化。说着说着，下晌的日头也就偏斜了，李奇想起家里还有事，就急三火四地辞别姥姥，匆匆上路，等赶到城东的地界黄土岗时，夕阳的余晖已被暮霭掩没了。

眼看翻过黄土岗，一溜下坡顺着小河再走十来里地，就进入前石村的地界了，这时候李奇的体力有些不支，她的车速渐渐慢了下来。

突然，从前边林子里闪出一个男子来。他迎面拦住李奇，小声问道："姑娘，我上城东去，走这条路对不？"

李奇不得不从车上跳下来，镇定自如地反问他："城东三庄六村，你到哪去？"

那男子诡秘地一笑，问道："你是此地人吗？"

"当然，我家就在岗下住。"李奇说着话，就要推车走开。

可那男子却放肆地搂住李奇的腰，奸笑道："嘿嘿……小俊妞，别跟我兜圈子了。你就跟我走吧，没亏吃！"

李奇一愣，急转身，却见那人左手持刀，已顶到了自己的胸口。李奇急中生智，小声说道："大哥，有什么事情慢慢讲，用不着这样。再说我爸他们都在后头，若是撞上了，对谁都不好。"

"那好，咱们找个地方玩玩。"那人说着，就动手夺过车把。调转车头，拽着李奇往城西的方向走。

李奇强作镇静地笑道："你往那边走，正巧能被我爸他们撞上。"

"那你跟我上村子里去。"

"到那儿也不行,我爸随身领着警犬呢,它嗅着味儿也会找过来。"

恰在这时,城西方向传来几声雄壮的犬吠。那男子慌乱地问道:"那你说咋整吧?"说着,又用尖刀顶住了李奇的胸口。

李奇隔着衬衣,隐隐约约地感到了一丝冰冷的寒意,但她自信,天下色狼,没有真正的男子汉。于是,她心平气和地说:"前几天,城东出了件强奸案,我爸就是负责侦破工作的。他们马上就能过来,为了咱们各自的利益,我劝你放过我,咱们相安无事,各走各的路。"

"没那么便宜,有事我先杀了你。"

"既然你的态度这么坚决,说明你还像个男子汉。那你就带着我,顺着这条路一直往东走,离俺家越远越好。"

那男子想了想,威胁道:"记住,你若敢耍我,我就先杀死你再说!"

于是,李奇被逼上了自行车的前梁,由那人蹬着车子带着她,翻过山冈,向东面驶去。

在路上不见行人时,李奇渴望着见义勇为的人们;可偶尔见到一两个行人,却又担心如若遇上贪生怕死之人,帮不上忙,反要坏事。

晚风迎面扑来,拂起李奇的秀发,那随风飘舞的秀发散在男子胸前,撩拨得他淫心大发。尽管常言色胆包天,可包了天的色胆也不能不惧怕威武的警察和那勇猛的警犬,于是男子把车子蹬得飞快,十几里路转眼就被抛到了身后。

再往前,就是前石村的地界,进了村子,就能见到自家承包的小鱼塘,李奇望着路边熟悉的树影、农舍和小河,不禁计上心头:"慢点,大哥。前边有个水塘,那儿静得很。"

男子果然刹车放慢了车速,心有余悸地问道:"你爸他们不能过来吧?"

李奇暗喜,答道:"不能,俺家过去十多里地了。再说警犬的鼻子遇到水,嗅觉就不灵了。咱们趟着小河走过去。"

那男子停下车,让李奇下来,随手在她的屁股蛋上恶狠狠地拧了一下,把车子往她身上一推,说:"你推着!"

李奇推车走在前边,那男子手握尖刀跟在后边。一过小河,男子呵道:"站住。"

李奇静静地扶车立定。

男子问:"鱼塘有没有守夜人?"

李奇耐着性子答道:"现在鱼塘里都是才放鱼苗,没人偷,也用不着守夜。你看那窝棚,连声狗叫都听不到。"

男子觉得李奇这话能信,于是就推着她向那窝棚奔去。

走近塘边那所谓的窝棚,男子才发现,这是一座像模像样的农舍,两间房,里间堆满了渔具,外间有专供守夜人用的小火炕。门窗很结实。那扇门显得很特别,朝里开,大概是为了防止意外封门而设计的。屋内果然没人,门也没上锁。

李奇看在眼里,喜在心上,她料定爸爸并没走远,所以装着谨慎的样子对那男子说:"你先看看四周有没有什么动静,这事让人知道了多难为情。"

那男子于是就先将她推进屋里,然后在四周观察了一下,忽然听到关门的声音,便压低嗓音厉声呵道:"你若玩邪的,看我怎么收拾你!"那男子一边威胁,一边蹽到门口,一推门,只听"轰"地一声响,便失去了知觉。

原来,李奇在屋里,将爸爸修补渔具用的砧铁和练功用的石锁摆到了门上。一推门,二三十斤重的家伙掉下来,正砸在歹徒的头顶上。说时迟、那时快,只见一包白粉"刷"地一声扬到男子的脸上,紧跟着,一张渔网"嗖"地一声将他紧紧罩住。这一连串的动作,都在那人应声倒地之前完成了。李奇赶忙拉出绳索,将那汉子捆了起来。

过了片刻工夫,那男子慢慢苏醒过来,他瞪着猩红的眼睛喊道:"给我松开!"

李奇气愤地说道:"给你松开?哼,白日做梦!"

那男人见硬的不行,于是变换了语调,央求道:"好妹子,我求求你了,我再也不敢了,你就放过我吧。"他见李奇无动于衷,又接着说道:"不是捉奸捉双吗?我要让人逮着了,对你也没什么好处……"

"呸,你是什么东西,一个地地道道的强奸犯,跟我有什么瓜葛?你等着找人收拾你吧。"

"别,别这样,你把我放了,也是救我一命,我还能知恩不报?"

"你痴心妄想!"说着话,李奇摔门出去了。

来到户外,李奇感到轻松了许多。但她觉得,事情办到了这份儿上,也不能总这么挨着。于是,她回身找到锁头,正要锁门,却见两个人影沿着塘边走来。

好熟悉的身影啊!

"爸爸……"李奇迎着来人扑将过去。

走在前边的那位紧赶两步,抱住她惊问:"怎么啦?李奇,怎么啦?"李奇拥在爸爸怀里,激动地哭诉了自己的遭遇。爸爸宽慰道:"好孩子,别哭。你真是一个勇敢的好孩子!"

爸爸他们进屋,将歹徒像拖死狗一样地拖了出来,然后把他送进了乡派出所。

(正　清)

将计就计

　　仲小慧读初中二年级,活泼漂亮爱唱歌。这天她过生日,舅舅花了一百元,从"黄牛"手中买来一张台湾歌星小百灵专场音乐会的票子,小慧是小百灵的歌迷,所以特别兴奋,直到演唱会结束,过足了追星瘾,她才恋恋不舍地走出体育馆。

　　这时候,已经是晚上十点半了,汽车站人山人海,汽车老半天才来一辆,小慧决定步行回家。她走在宽阔的柏油马路上,身上穿着姨妈送的时髦漂亮的连衣裙,脚上的高跟皮凉鞋是姑姑买的,一步一"咯噔",走得可神气啦。走着走着,路边上不断有大排档煎炒烹炸,香气诱人,小慧这才想起自己为了赶时间,晚饭也没有好好吃,于是加快步伐,急急地往家赶。又走过一处大排档,突然脚下一滑,她低头一看,是大排档的摊主把泔水剩菜乱倒在路边，险些害她摔个仰八叉。她生气地哼了一声，跺跺脚，继续向前走。

拐进蔡家花园，再走几百米就到家了。巷子里路灯坏了几盏，有一大段路乌漆墨黑，小慧有些紧张，心口突突乱跳。这时，蓦然听见身后"索索落落"有声音，禁不住回头一看，妈呀，一个黑乎乎的小动物紧紧跟着她，两只绿莹莹的眼睛闪着吓人的光。小慧吓得惊叫一声，撒开两腿闭眼狂奔。谁知她跑得快，那动物跑得更快，终于在一盏亮着的路灯下追上了她。她喘着粗气睁开眼，才看清那动物其实是一条狗。

只见那狗也不叫唤，蹿上来一口咬住小慧的鞋后跟，吓得她一屁股跌坐在地上。就听见狗在"吧嗒吧嗒"嚼东西，原来是小慧高跟鞋的跟尖上，钉着一块从大排档泔水里带来的生肉皮，那狗咬下半块肉皮咽下肚去，又凑过鼻子嗅还剩在鞋跟上的另外半块。虚惊一场，小慧干脆把鞋伸过去："要吃你就吃干净！"那狗儿真听话，肉皮吃完了，还伸出舌头把鞋跟舔了又舔。小慧站起身，对狗儿一扬手："拜拜，小乖狗！"调转身，头也不回，大步流星往家跑。

回到家，爸爸妈妈都已睡了，小慧放轻脚步悄悄走到厨房，想吃点儿东西填填肚子，忽觉小腿上痒兮兮的，低头一瞧，哎哟，那小狗竟然不声不响跟着自己进了屋，这会儿正拿头蹭她的腿，一副亲亲热热的样子。小慧惊魂稍定，仔仔细细把狗儿打量一番，嗨呀，这才发现这小乖狗一身栗黄色的长毛，圆头圆脑，两只大耳朵垂垂两边，就像小丫环在两鬓松松挽的两只鬏儿。多可爱的模样！哎呀，不对，它怎么坠着一个大肚子，肚皮都快擦着地面了，八成是肚里怀了狗仔，好漂亮的一只小狗，肯定是人家饲养的宠物。此刻那狗儿正抬头瞧着小慧，眼里充满乞食的神情，小慧赶紧打开食橱，撕下一块烧鸡丢给它，它嗅一嗅，舔一舔，有滋有味地嚼了起来。

吃饱喝足,小慧撵它回家,怎么撵也撵不走,你撵,它跟你藏猫猫。这狗真逗,小慧心里早喜欢上它了。"好吧,今晚留你在我家做客!"小慧上床睡觉,就让小乖狗睡在旁边的地板上。

第二天,小慧把爸爸、妈妈介绍给小乖狗,小乖狗围着他们转一圈,嗅一嗅,对他们可温顺啦。这时候舅舅来了,问清了狗的来历,很感惊奇。舅舅在市场做小生意,见多识广,他分析说,这是一条宠物犬,极像西藏獒犬与中国鬆狮狗的杂交种,算不得多么名贵,却也能值一二千元。舅舅眼睛真尖。他唤过小乖狗来,拨开颈毛,看清了拴牵绳的铜环上吊着一枚镀金小铜牌,只有蚕豆大小。牌牌正面雕一只狗头图案,反面镌有"西西"两字。这会不会是小乖狗的名字?小慧伸出手掌,喊一声:"西西,舔我手!"那狗当真站立起来,伸出舌头舔小慧的掌心。小慧本来就喜欢狗啊猫的,这下子真是惊喜万分。

舅舅拍拍外甥女的头,说:"该你有福气,生生跑来一条狗,瞧那大肚子,说不定能下五只仔,喂大了,卖它个一万二万的,以后自费念大学的钱都够了。"

小慧当然不会采纳舅舅的馊主意。将心比心,西西这么惹人欢喜,自己跟它才有一晚上的交情,就难舍难分,它的主人不知急成什么样啊。可怎么帮它寻找主人呢?小慧一拍脑门,对,有了主意。西西是在蔡家花园跟上我的,它的主人也许就住在附近。她拿出纸笔,"刷刷刷"写了十几张招领宠物犬的启事,沿着蔡家花园,一路贴到汽车站。

启事贴出以后,一上午来了三四个认领者。有的丢了北京犬,有的丢了吉娃娃,有的丢了日本尖嘴犬,当然,没有一个是西西的主人。小慧没料到,如今有这么多人养宠物犬,宠物犬还会有这么多名贵品种哩。

下午,终于来了一个认领者,说他丢的狗名叫西西,各种特征讲得丝毫不差,还特别说,西西是大肚子,肚皮开过刀,兽医缝了二十八针,不信可以检验刀痕。他讲得很流利,可小慧总感到他好像在背书。而且这人四十多岁,外地口音,小慧又觉得眼熟,似乎在什么地方见过他。后来突然想起来,这家伙不就是常在这一带收酒瓶子的那个安徽人吗?今天他穿了一套干净的旧西装,理过发,刮过胡子,有点认不出来了。

小慧的脑子转开了:一个收旧瓶子的,怎么可能花一二千块买条狗玩呢?可如果不是狗主人,又怎能把西西的特征说得如此详细而准确呢?小慧紧紧地抱着西西,一边轻轻抚着西西肚皮上的刀疤,一边拼命想着再怎么考考这个安徽人。猛然,她脑子一亮,说:"你刚才说西西大肚子开刀,为什么开了刀肚子还这么大呀?"安徽人眨眨一对老鼠眼,说:"这还不简单,肚皮剖开以后,发现小狗还没足月,就……就又缝上啦。"小慧到底还是个孩子,一时没了词,人家都说得这么清楚了,只好吻吻西西,放它回家。

安徽人得意地唤一声:"西西,回家!"只见西西翻身蹲起,前腿撑地,后腿微曲,冲着他呜呜低哼。安徽人便伸手去抱它,谁知西西"啊呜"一口去咬他的手腕,疼得他一步蹿到门外,大叫着:"不要了,不要了,这不是我的狗!"不是你的狗?小慧一脑袋疑云:怪不得你刚才那神情总有些作假的感觉!可不是你的狗为啥要来冒领?而且还能准确说出西西的特征?一定是西西真正的主人叫你来的,他为什么不自己来呢?

小慧隐约感到一种恐怖的威胁,于是她把西西锁进房间,赶紧跑到电话亭给公安局打了一个电话。公安局的人听到"大肚子西西",声音都激动了,说:"我们正在寻找它,请你一定要把它保护好。不论谁来认领,都要设法缠住他,等候我们!"哇,西西真的牵涉到什么案子哩!小慧一下来了劲头。

她跑回家,抓本书坐在门口,等公安局的人来。果然不一会儿,巷子那头来了两个体格健壮的叔叔,年龄都在二十岁左右,一个脸皮白净,看上去挺温和,另一个却眉毛上吊,腮帮子上还有道疤,样子挺凶。走到小慧家门口,白净脸对她笑笑,好像打招呼,小慧以为是公安局来的便衣,站起身正想往屋里让,谁知那两人却转身走进了对门楼房。小慧搞错了,只好重新坐下。左等右等,不见人影,小慧心中暗暗埋怨:公安局也太不负责任了,哪像电影里拍的一接到命令就雷厉风行,这工夫要是有人来认西西,我有什么本事诓得住他们这么长时间呀?

说曹操曹操到,这当口来了一位年轻姑娘,二十七八岁年纪,问清小慧姓名,进门就唤"西西"。西西瞧瞧小慧,又看看那姑娘,撒着欢跑过去,一头扑进她的怀里,姑娘蹲下身,搂住西西跟它亲热。小慧顿时明白,这位才是西西真正的主人。同时,她也明白了西西为何一下子就跟自己成了朋友,原来这姑娘的脸蛋、声音酷肖小慧,也剪着短短的运动头。

现在,得找理由诓住这个姑娘呀!小慧故意追问西西肚皮上的刀疤是怎么回事。姑娘摇摇头说:"小妹妹,不要问东问西,这对你没好处!"又掏出50元钱塞给小慧,算是照顾西西的报酬。那姑娘脸上一点也没有重获爱犬的喜悦,相反满是忧伤和悲戚,她叹口气,对小慧说:"你收养它就算了,何必张贴什么招领启事呢!"这叫什么话,小慧推回钱,还想问个明白,可姑娘不愿多说,抱起西西想走。小慧拽住她不放。

正在争执,刚才走进对门楼房的那两个叔叔走了进来。不好,她还有保镖呢!小慧急得快要哭了:"公安局叔叔,你们怎么还不来呀?"谁知就在这个时候,刀疤脸向小慧亮出了证件,原来他们就是公安局的便衣警察。那个白净脸问姑娘:"西西是你的宠物?""是。噢,不是,不是!"一听姑娘口音,刀疤脸笑了,安慰道:"你别紧张,早晨是你打电话向我们报的警,检举有功啊!如果你有难言之隐,比如受到威胁,我们会保护你的!"那姑娘依然矢口否认,说她没报过警。小慧心里也奇怪:明明是我下午报的警,怎么说成是她早晨报的警呢? 我们两个人声音差不多,会不会是公安局叔叔搞错了?

小慧正想张口说明,只见那刀疤脸从怀里掏出一只微型录音机,一按,里面传出一个女人的声音:"公安局吗? 我向你们举报一件事。有条叫西西的栗色鬈狮犬,大肚子,肚里有一公斤海洛因,被人遗弃在街上乱逛。快抓住它,莫让毒品害人!"果真,是这位姑娘的声音。小慧对这两个便衣警察叔叔佩服极了:其实他们接到我的电话就来了,迟迟不找我,是在守株待兔啊!

此刻,那姑娘已经瘫坐在椅子上,愣愣地看着便衣警察,突然哀求道:"你们救救我的儿子!"接着,她说出了一段吓人的秘密。

原来,这个姑娘叫尹雯雯,是一家私营商行的售货员。商行老板三十多岁,人称大头李,他看中了尹雯雯,连哄带骗,雯雯就跟他同居了,事后才知道他有妻子女儿。同居以后,雯雯生了一个白胖儿子,已经两岁,养在外婆家。上个月,大头李带雯雯去南方旅游,在广州买了这条西西给尹雯雯当宠物。回来以前,他们得知台湾歌星小百灵在大陆巡回演唱,也到了广州,就住在同一宾馆,而且马上就要到本市演出,尹雯雯本来就是小百灵的歌迷,这千载难逢的机会怎肯轻易放过,于是就自告奋勇充任本城发烧友代表,护送小百灵一行同机来本市。

临行前一天,大头李忽然单独把西西带出去,傍晚回来以后,西西的肚皮变得鼓鼓胀胀,脾气也暴躁不安。对大头李像对仇人一样,动不动就想咬他,吓得他不敢沾边。尹雯雯责问大头李,好好的干吗给西西开刀? 西西肚里塞了什么东西? 大头李说西西得了奇怪的病,开刀治疗后兽医在里面放了消炎药,慢慢会吸收掉的。尹雯雯虽有怀疑,但给陪伴小百灵同行的巨大喜悦冲淡了。回来以后,大头李才告诉她实话,说西西肚里塞进了一公斤海洛因,为了路上蒙混过关,才想出这条妙计:人们把注意力全集中在小百灵身上,对随行人员的检查自然放松。尹雯雯可吓死了,知道干这种伤天害理的事,抓住了要杀头的,劝他快把毒品取出来扔河里吧。可大头李"呸"了一声,大骂她太没见识。

这天,趁大头李外出联系海洛因买主,尹雯雯偷偷攥走了西西,又打电话报警,希望警方找到西西,处理掉白粉。她心里还难以割舍对大头李的感情,不愿意伤害他,只希望阻止他犯罪,所以报警时既未暴露身份,也没提及大头李半个字。谁知大头李得知西西走失,把雯雯痛揍了一顿。后来,看到小慧的招领启事,他怕暴露身份,又怕西西咬他,就花一百元钱,又买了一套旧西装,雇了那个安徽人替他来领。没料到那家伙被西西咬了一口就露出破绽,于是大头李就逼尹雯雯出马,他丧心病狂地到外婆家把白胖儿子骗去藏起来,威胁尹雯雯说,不找回西西,休想再见到儿子。说到这儿,尹雯雯泣不成声。

两位便衣警察低声商量了一阵,刀疤脸对尹雯雯说:"救你儿子不难,只要你肯跟我们配合。"尹雯雯忙答应:"我肯。要我怎么做? 我一定照办!"刀疤脸说:"你将西西带回去交给大头李,佯装没发生任何事,把儿子换到手保护好,剩下的事由我们来办。你放心,我们还会在暗中保护你。"小慧在一边急着问:"要不要我帮忙?"两位便衣警察哈哈一笑:"你已经帮了大忙啦!"

几天以后,报纸上刊登出市公安局侦破大头李贩毒集团的消息。在破案立功人员名单中,赫然印着"仲小慧"三个字,这是小慧做梦也没有想到的。

(周振亚)

心 灵 的 答 卷

知识如同光芒四射的烛光，把人生之路照得耀眼通明。

金榜题名

今年夏天，全国高校招生期间，某军医大要招录一批高级外语护理，据传，这批新生在校期间还有可能被保送国外进修两年。

招生名额已分配到各市，樟市也有一个名额。

正式简章尚未贴出，消息已在全市不胫而走。学校里的一批尖子生们个个摩拳擦掌，跃跃欲试。有点"能量"的家长们也顿时活跃起来，搬"门子"，通"关节"……那份忙碌劲呀，别提啦！到正式报名的时候，应征者突破千名大关。哇——这可真是名副其实的"千里挑一"啊！

招生办为使这千余名考生和他们的家长心明眼亮，特布告明示：这次招生，一报名公开，二分数公开，三面试公开，四录取公开。招生考试分两步,先是文化统考,成绩张榜公布,入线考生一周后再接受面试。

文化统考按下不表。

单说面试这一天,说是八点考试,七点不到,考点门口就已经熙熙攘攘,考生们一个个摩拳擦掌,单等这扇铁面无私的大门一开,便争相而入,一展英姿,一决雌雄。

七点三十分,大门洞开,"忽拉"一家伙,考生和家长们争先恐后地往大门内涌。

忽听"啊唷"一声惨叫,一个在考点门口卖烧饼的老头,被挤撞得跌坐在地上,抱住自己的脚拐子,龇牙咧嘴地直叫唤。可是此时此刻,考生们即使是死了亲娘老子,恐怕也顾不上了,哪个还去注意一个卖烧饼的老头子? 有的考生甚至就从老头身上跨过去,嘴里还骂着:"好狗不挡路,找死呀?"

很快,考点门口冷清下来,只剩下受伤的老头独自坐在地上,靠着他的架子货车痛苦地呻吟着。

这时,有一名满头大汗的女学生,骑着自行车向考点急驰而来,看样子她是从市郊来的,她骑得气喘吁吁,因为这时候,时针已经指向七点四十五分,离考试只有一刻钟了。

到考点门口,女学生跳下车,猛地发现那个坐在地上受伤的老头,面孔已经痛得变了色,女学生忙弯腰询问怎么回事。

受伤的老头见女学生一脸和善的神情,忍着痛说:"姑娘,求你帮帮忙,送我去医院好吗?"

去医院? 那考试怎么办? 女学生显得十分为难。

她看看表,想了想,说:"这样吧,老伯伯,我现在用自行车把你送到医院去,然后再赶回来参加考试,只要赶在八点半之前到,我还可以进考场。您在医院等我,我考完试,再来送您回家。"

女学生一边说,一边就把受伤的老头扶上自行车,送进医院急诊室,向医生一一交代好,立刻飞车赶回考点,这时候离八点半只差三分钟了。

事后才知道,这女学生叫常平平,果然是从二十里外的郊区农村赶来应考的。

她最后一个进考场,但却获得了最好的成绩,一周后公布录取结果,千里挑一,常平平榜上赫然有名。

消息传开,招生办就像债主子围门——电话"请问"的,登门"拜访"的,要求"查分"的,请求"照顾"的,软磨硬泡的,兴师动众的……一时间,把个平日冷清的办公室闹腾得快要掀了屋顶!

招生办在市有关领导的指示下,偕同招生单位,为常平平这一名考生,专门召开了一次面向社会的考情发布会。经过这次会议,考生们,家长们,以及关心这件事情的大大小小人物们,都口服心服了。

原来,谁也没有料到,这次面试,主考官们精心设计了一道别开生面的特殊考题:救死扶伤。老头受伤,是考官们故意安排的。

在这道特殊考题面前,千余名考生,只有常平平一个人得了"优"。

(韩德贵)

越俎代庖

　　十里庄中学初三(2)班有位学生,叫岳志强,因受武侠小说影响,整天舞棍弄棒,四处行侠仗义,眼看临毕业考只有一个星期了,才猛然醒悟平时没好好读书,怕成绩考差了羞煞人,于是就把铁哥们找来商量。

　　哥们中有个叫刘书亭的,当场就表示愿意代考。刘书亭人长得瘦精精的,脑瓜子却很灵光,他比岳志强高一届,去年毕业时考了个全校第一,不巧升学考试时突然害病,只好复读一年,再参加今年的升学考。按规定,复读生毕业考可以免试,所以他替岳志强代考在时间上是没问题的。刘书亭如此仗义,哥儿们都拍手叫好,岳志强更是激动不已,心里悬着的石头也落了地。

　　一个星期以后,刘书亭从容不迫地走进了考场。准考证是岳志强精心"修理"过的,写着他岳志强的名字,贴的是刘书亭的照片。为了严肃考场纪律,各班学生都是重新编号打乱了坐的,监考的也都是外校老师,刘书亭冒名顶替,只有天知道!

开考铃声早已响过,校园内一片肃穆气氛。不过岳志强心里总有些七上八下,见校门口把守得很严,便顺着院墙外一棵黄葛树悄悄爬了上去,躲在浓荫中向校园里的教室楼张望。不好!岳志强认出他正对的这个教室的监考老师是附近树德中学的李校长,这可是远近出了名的铁面判官。岳志强心头"咚咚"乱跳:完了!因为根据校门口张贴的考场教室安排,他这个准考证号码,很可能就排在这个教室里。会不会被这个铁面判官看出什么破绽?岳志强毕竟做贼心虚,不敢再想下去了。

好容易挨到考试结束,学生们开始三三两两走出校园,门口把守的也撤了。岳志强急忙冲进去,只见几个哥们正围着刘书亭问长问短,岳志强飞奔过去,紧张地一把攥住刘书亭:"咋个?被发现了?"

"哪能呢!"刘书亭摇摇头,"那李校长盯得紧,在我旁边站了好一会儿,开初我也很心虚,生怕他在准考证上看出啥名堂,后来才晓得他是在看我的答卷。""真有你的。"岳志强高兴得擂了刘书亭一拳,"走,上馆子去,今天我请客。"

谁知一帮哥儿们跟着他刚走几步,立即呆呆地站住了,原来李校长板着脸正站在他们面前.鼻梁上架着的那副眼镜里,透出一道严厉的目光。"你们学校有几个岳志强?"李校长问这话的时候,目光直射岳志强脸上。

"只我一个呗!"岳志强脱口而出,猛然发觉自己说漏了嘴,扫一眼站在边上的刘书亭,恨不得狠狠给自己几个耳光。"那你到底叫什么名字?"李校长又盯住刘书亭。"我,我……"刘书亭一时语塞,眼见顶考一事要被揭穿,猛转身飞快地逃出了学校。岳志强狠狠瞪了李校长一眼,带着哥儿们赶紧追了上去。

追到湍急的川河边，刘书亭正立在陡坎上发呆，岳志强一把拉过他说："你千万莫想不开哟，天塌下来有我顶着！"刘书亭摇摇头："没得事，为朋友脑壳都能提起耍，这又算啥子？只是万一不让我参加升学考，这一年复读的钱爹娘算是白花了。"想到这一层，刘书亭的神情有些惨然。

哥儿们一个个耐不住了，他们认为李校长反正又不是本校教师，就应当让他吃吃苦头，少管这个闲事。谁知一向鲁莽冲动的岳志强此刻却摇摇头，说："大家不能乱来，书亭能不能参加升学考事关重大，我想这事儿咱还得求李校长打个让手，不要上报才好啊！"

哥儿们一听，觉得岳志强的话有道理，可想想李校长这个铁面判官，他会把他们几个学生娃放眼里吗？大家抓耳挠腮一阵，实在想不出什么好办法，岳志强决定让他爸帮忙。

岳志强的爸爸是开肉铺的，人称岳屠夫，平日里掌红吃黑又爱耍强，在小镇上也是一个有影响的人物，有时候连镇长也让他三分。岳屠夫听儿子把事情经过一摆，扯开嗓门劈头盖脑就是一顿臭骂，随后派人把李校长请到了家中。

岳志强悄悄躲在里屋看动静，只见李校长与爸爸谈了一阵，霍地站起，提高嗓门说："不行，这种违反纪律的事，谁也庇护不了。至于刘书亭，这倒是个不可多得的读书料子，可惜啊，可惜啊！""老先生，"岳屠夫的声音软中带硬，"叫花子也要留个煎冷饭的地方，你莫把事情做绝哟！"说完，他递过一个早已准备好的牛皮纸信封。

"那是啥子东西？"李校长目光如炬。"小意思，小意思，只要校长肯高抬贵手，这五百元钱就算我代娃娃赔礼了。"李校长一听，脸色一下变了，说："岳屠夫，我告诉你，我家就是穷得揭不开锅，也消受不起你这种钱。君子爱财，取之有道。"说罢，气宇轩昂地迈开大步就往外走。

岳志强把刚才的情景看得清清楚楚,他暗暗佩服李校长有骨气,不禁从里屋跑出来,要赶上去认错求情,忽见李校长已被几个彪形大汉堵在了大门口。岳屠夫在一边冷冷道:"老先生,莫敬酒不吃吃罚酒,今天的事情没个结果,大家都不好交代!"说罢,那几个大汉红眉绿眼逼了上来。此刻,岳志强不由得对自己做下的糊涂事追悔莫及,正担心着李校长呢,忽听得李校长大喝一声:"清平世界,朗朗乾坤,我看哪个吃了豹子胆,光天化日之下敢挡我的路?"李校长一身正气,逼得几个大汉不由自主地让了道。

岳屠夫恼羞成怒:"好嘛,光天化日不得行,难道天黑了也行不得?"一转头,发现了岳志强,忙叫住他:"你龟儿的尽给我找麻烦,你去喊来那刘书亭,今晚到老家祠堂去看热闹。"岳志强吓了一跳,迟疑地问:"爸爸,你要干啥子?"岳屠夫烦躁地朝他摆摆手:"这你就莫管了,快去快去。"

岳志强忐忑不安地找到刘书亭,两人猜测一阵,也不知大人们究竟要搞啥名堂。他们思前想后,觉得实在对不起李校长,决定晚上多邀几个哥们,好伺机行事。

天刚擦黑,哥儿们都到了约定地点,却迟迟不见刘书亭。等了一阵,岳志强估计他先到岳家祠堂去了,于是带着哥儿们也直奔岳家沟。

祠堂里灯火辉煌,却空无一人,只有一把黑漆太师椅摆在大堂正中。岳志强他们正要往旁边厢房去看看,忽听得一阵喧哗,几个本家叔叔扛着一只麻袋闯进大门,岳屠夫扶着一位白发苍苍的老翁随即也走了进来。岳志强见了,忙扑过去亲热地叫一声:"太爷爷!"那老翁一愣,看清是自己的重孙子,忙伸出颤颤的手抚摸着岳志强的头,让他扶着自己到堂屋正中椅子上坐下。几个娃娃也跟着岳志强亲亲热热地叫喊起来,把个太爷爷欢喜得合不拢嘴。

岳屠夫朝儿子那一伙扫了一眼，皱皱眉头问："你那个刘书亭怎么没来？""没有看见啊，我们正在找他呢！"还找个屁！"旁边一个大汉插嘴道，"这小子早就逃得无影无踪了。"岳志强惊奇地正要追问，忽被太爷爷拉了过去："志强，说有人欺负你和你同学了，是个啥子人哟？"岳志强刚要答话，岳屠夫狠狠瞪了他一眼，抢过话头说："爷爷，这龟儿东西仗着有点权力，欺负志强，还毁了他一个同学的前程，我们求他，谁知这家伙却不进油盐……""呸！"太爷爷勃然大怒，"这种有权有势的人，怕他个屁！你龟儿的根本犯不着去求他。把他带上来给我瞧瞧！"

岳屠夫手一挥，几个本家叔叔把麻袋扛到太爷爷面前。岳志强心一沉，看到李校长被弄成这样，心里一阵痛楚。太爷爷急着道："打开打开，我倒要看看这块茅厕里的石头是不是又臭又硬。"岳志强实在不忍心看李校长被作难，"扑通"一声跪在太爷爷脚边，说："太爷爷，求你了，这是学校的老师，不经打哟！""啥子啥子？"太爷爷瞪着岳志强，"他怎么会是位老师？""是呀，是树德中学的李校长！"一帮哥儿们原先只是兄弟义气，眼下真看到李校长遭难，也觉得自己好没道理，便七嘴八舌地喊了起来。

"哎哟哟！"太爷爷突然捂着胸口猛一阵咳嗽，岳志强忙站起来轻轻地给他捶背。待喘过气来，太爷爷抖抖索索站起身，指着岳屠夫和那几个本家叔叔厉声道："跪下，统统跪下！"

岳屠夫他们愣了一下，不明白是怎么回事，又不敢违抗，只好"扑索索"一个个跪在太爷爷面前。太爷爷向前走了几步，吩咐岳志强打开麻袋，将李校长扶上椅子。

岳屠夫一听急了，抬起头刚要说话，"啪"头上挨了一烟杆。岳屠夫一下蹦起来："凭啥给他下跪？"众汉子也跟着爬起身："是嘛，一个穷教书匠，跪他干啥子？"太爷爷气得胡须抖动，"劈劈啪啪"烟杆毫不留情地敲在众人脑壳上，打得大人们满大堂乱跑。岳志强一伙被眼前的景象惊呆了，连麻袋也忘了解，只是痴痴地站着。

岳屠夫急得直跺脚，朝太爷爷直喊："这是岳家祖宗祠堂，你不能让外人坐上方啊！你气糊涂了吧？""呸！我糊涂？"太爷爷指着大堂正中神位牌上的镀金大字说："你们看看，那上面写的是啥子？"

岳屠夫一伙愣住了。太爷爷扬着烟杆说："看清没有，'天地君亲师'，最后一个字就是'师'，老师是孔圣人的弟子，是上了我们祠堂神位的，想我们岳家，自武穆王遭秦桧奸贼陷害以来，代代忠良，没想到竟生出你们这种不肖子孙！"说着，气得捂着胸口又剧烈地咳嗽起来。

岳志强忙给太爷爷捶背，要扶他到椅子上歇息，太爷爷摆摆手："这椅子该你们老师坐。快，打开麻袋，请老师上坐！"岳志强忙奔过去解开麻袋，可是一下呆住了，麻袋里根本不是李校长，而是刘书亭。

原来刘书亭与岳志强分手后，立即赶到树德中学，这时候天已擦黑了，他见李校长独自一人在办公室，就求他赶快逃走。谁知这时候岳志强的几个本家叔叔也赶到了，不由分说将李校长套进麻袋。刘书亭到底脑瓜子机灵，急中生智假装在前面带路，突然大喊"公安局的来了"，乘大人们四处躲藏之机，硬把李校长换了下来。

岳志强感激地看了刘书亭一眼，岳屠夫此刻也暗自庆幸，幸好没将李校长装进麻袋，只有太爷爷还没闹明白，眯眼看了一阵，觉得挺奇怪："这位老师好年轻啊！"刘书亭笑起来，岳志强赶紧做解释，太爷爷"哦"了一声："那你们说的那个老师呢？"

"我在这儿呢！"大堂外传来一个洪亮的声音，大家回头一看，李老师正大步跨进祠堂。岳屠夫心里一阵慌，正想悄悄溜走，李校长喊住他，正色道："莫走，咱得在祠堂里当着太爷爷把话说清楚。"他当众将事情经过讲了一遍，岳志强和刘书亭一伙都难为情地低下了头,岳屠夫更是恨不得有个地缝钻进去。

太爷爷气得浑身发抖,吩咐人去拿了一把利斧递给李校长,要李校长按照族规给犯罪的人下零件,大可以砍脑壳,小可以斩指头。

李校长哈哈一笑,放下斧头,说:"只要你们答应我一件事,就算赔礼了!""噢?"大家齐刷刷地望着李校长。

只见李校长将岳志强、刘书亭拉到身边,深情地说:"娃儿们,今天有读书的机会,你们要懂得珍惜啊!岳志强和刘书亭要写出检查,如果检查得好,我会极力推荐你们参加升学考试。凡是今年没有考上高中的娃娃,欢迎你们到我校来复读一年,明年再去考!"

原来是这种好事啊,大家激动得互相望着,都说不出话来。太爷爷忙喊:"快,,快拜师!严师出高徒,这样的好事哪里去找?"于是大家七手八脚将李校长拥到大堂当中的太师椅上,"扑通、扑通"跪下一大片,恭恭敬敬地磕起头来。

明晃晃的灯光,映亮了神位牌上"天地君亲师"五个金色大字,也映亮了人们眼中闪烁的泪花。

(赵伯蒂)

犯科作弊

　　祁县二中教导主任罗顺根突然收到一封匿名信,信上揭发了这样一件事:一年级(1)班的杨浩,当初入学考试时,逼他姐姐杨洁代考数学。匿名信以严厉的口气要求学校迅速处理这次作弊事件,否则,他将"决不罢休"。署名是"一个知情者"。

　　罗顺根看完信,不觉倒吸了一口凉气:杨浩上学期末还被评为三好学生,这样一个学生,入学考试时还要由人代考? 简直不可思议!

　　岂料没过几天,匿名信又来了。这一回,写信人又详细叙述了事情的具体经过,最后以威胁口气说:"一个星期内你们再不处理,我将向县有关部门写信举报。"

　　罗顺根觉得事态不同寻常,第二天傍晚,就将杨浩叫到教导处。罗顺根神情严肃地从抽屉里拿出两封匿名信，摊在杨浩面前："说说这是怎么回事？"杨浩神色紧张，眼睛骨碌碌转动，手也不知放哪儿才好。罗顺根又加重语气，说："事情我们都知道了，你姐姐在哪儿读书？这事我们要严肃处理。"

杨浩顿时大惊失色："罗老师，我姐姐退学了，在家里，这事和她无关的，是我叫她代考了数学……"

"你姐姐答应了？"

"她……不敢不答应，因为我是男孩，我妈一直希望我能进城读书；而且，我姐姐，不是我的亲姐姐，她是……我后父带来的，和我一样大……"

"那你后父呢？"

"两年前，他上山砍柴，被毒蛇咬了一口，死了……"

原来是这样！一个年仅十四岁的小男孩，竟敢仗着自己是母亲的亲生儿子，逼姐代考，这是祁县二中这所重点中学的招生史上从未有过的丑闻！罗顺根厌恶地瞪了杨浩一眼，说："你先回去，等候处理。"

为了扶正祛邪，第二天，罗顺根就到了祁东罗汉岭脚下的杨家村，他要去看看那个可怜的小姑娘，把事情了解清楚；另外，有可能的话，他要为不幸的杨洁出口怨气，争得原该属于她的上学权利。

罗顺根到了杨家村，找到了杨家，开门的是一个瘦弱的小女孩，衣衫破旧，但很整洁，那双黑白分明的眼睛，透出掩饰不住的温顺、早熟和灵秀。罗顺根介绍了自己的身份，杨洁见老师上门，显得很开心，忙请他进屋："罗老师，你坐会儿，我妈不在，我去烧点儿开水。"杨洁说着，转身到屋外抱柴禾去了。罗顺根坐下后环视屋内，只见除了两只大缸、一个旧柜和几件农具，几乎一无所有。不一会儿，杨洁吃力地抱着一捆柴禾进来，小脸汗涔涔的，她笑着问："罗老师，我弟弟在学校里好吗？"

"唔,好……"罗顺根掩饰道,"你妈妈呢?"

杨洁答道:"去庙里烧香了。"

罗顺根细心观察,丝毫看不出杨洁神态中有什么不自然的地方,联想起刚才进门时她那欢快的心情,越发疑窦难解:咦,她好像心里没有什么委屈和痛苦呀,按理,一个被逼失学的孩子,是不可能如此心平气和的,难道她原本就不想读书?

"罗老师,你喝茶。"

罗顺根喝了一口茶,不得不把话挑明了:"杨洁,据我们所知,杨浩在入学考试时,曾经叫你代考过……"

"不!"杨洁一惊,开水从碗中泼出,差点烫了手指,"不不,我没为他代考,是他自己考的,真的!"

罗顺根的脸严肃了:"杨洁,代考的事,你弟弟都承认了!"

"不,罗老师,这不可能!"杨洁泪水夺眶而出,"如果真是这样,一定是弟弟故意的,他一直想让我去读书!"

"什么……"罗顺根一下子坠入了云雾中。

杨洁见老师一脸茫然,就原原本本地将事情的来龙去脉说了出来:

一年前,杨洁和杨浩都是祁东小学六年级的学生,他俩同班读书,成绩出类拔萃,可杨家接连遭受不幸,杨母因常年的悲痛、劳累而未老先衰,双目几乎失明,根本无法下地干活,因此,她打算在杨洁、杨浩小学毕业后,留下一个在身边帮忙干活。俗话说,穷人的孩子早当家,姐弟俩懂得母亲的心思,于是就争着要求自己留在家里干活。杨洁的理由是她是女孩,会做家务,弟弟比她小,应该去读书;杨浩的理由是他是男孩,力气大,留在家里干活更合适。姐弟俩争来争去,母亲在一旁禁不住潸然泪下,说:"你们别争了,都去参加考试,谁考得好谁就去读书。"

于是到了考试时,杨浩为了保险,考数学时故意做错好几道题。谁知道杨洁的心思更细,她在考场中一直注意着弟弟的动静,发现弟弟考数学时心不在焉,只考了半个多小时就交卷了,她立刻知道弟弟是故意相让,于是就在自己的试卷上写上了弟弟的名字和准考证号码,交了上去。监考老师很快发现有两张"杨浩"的试卷,马上叫来了杨洁,追问之下,杨洁把弟弟的试卷说成是她的,还解释说:"'洁'和'浩'只一撇之差,写得潦草就会弄错。"监考老师见杨洁要的是答得差的试卷,自然没有起疑,杨洁顺利"蒙混过关"。

罗顺根听完,感叹不已,他和蔼地问:"你说你弟弟的成绩一向很好,你有什么证据吗?"

"有。"杨洁立刻从柜子里翻出弟弟过去的成绩单和作业本,罗顺根看着这一大叠无法辩驳的证据,半晌没说话。

杨洁眼泪汪汪地恳求说:"如果你把我弟弟开除了,我妈就活不下去了。"罗顺根听了不由一愣:"为什么?"

"自从弟弟进县城读书后,我妈常到庙里烧香拜佛。"

"那你干吗不和妈妈一起去呢?"

"我妈说小孩子不能去,否则菩萨会不高兴的。"

一丝难以言表的感觉从罗顺根心中渐渐升起:她的母亲为什么执意要独自上山烧香呢?他决定会一会杨洁的母亲,杨洁起先有点犹豫,但想到罗顺根是弟弟的老师,最终答应了,两人翻山越岭,朝天皇庙走去。

一个小时后他们终于到了庙里,前前后后一找,却没见杨母影子,问庙里和尚,都说不曾见过这样一位常来烧香的瞎眼妇人。罗顺根正在犹豫,有个老和尚突然似有所悟地说:"不过,我倒想起了另外一个人来,跟你们说的女施主有点相像。"

罗顺根和杨洁几乎异口同声地问:"谁?"

"是个洗衣服的,四十出头,长得不高不矮,清清瘦瘦的,眼睛不大好,差不多瞎了,她常在我们庙里洗衣服。"

"什么时候开始的?"

"有半年了吧。半年前她来我们这儿，说丈夫已经过世，女儿小学毕业，成绩好，都是九十几分、一百分，可是没钱上不了学，只好待在家里，她请求庙里给点活儿让她做，为女儿挣点学费。方丈见她可怜，就让她每星期来这里洗点什么，其实我们这儿没多少东西要洗，方丈纯粹是出于慈悲，才让她来的。"

杨洁的眼泪"刷"地淌下来了，她抬头对罗顺根说："这一定是我妈。"

在老和尚的指点下，罗顺根和杨洁来到了寺庙的伙房，老和尚念一声"阿弥陀佛"后就垂头走了。罗顺根走到窗口前，往里一望，只见一个妇女，四十出头，面黄肌瘦，头上扎着白绳，正坐在一只小凳上洗香客住宿用的被子，她洗呀洗，干瘦的身躯艰难地一动一动，就像风中的一株枯草，摇摇欲坠。突然，那妇女身子一晃，扑倒在地上……"妈——"杨洁揪心似的哭叫一声扑了过去，罗顺根也赶紧上去相帮着把她扶了起来。只见杨洁扶住她妈骨瘦如柴的身子，痛哭着："妈，你干吗要这样啊！我宁愿不去读书，也不要你这样啊！"

罗顺根陪着母女俩回了家，他赶回县城时已是晚上八点，他顾不上回家，先去敲校长的门，把前前后后的事情一说，校长半晌没说话，他深为杨家母女的行为感动，两人商量了一会儿，有了主意。

这一天，杨浩又被叫进教导处，罗顺根板着面孔，十分严肃地对他说："你的入学考试作弊事件现已查明，是由你姐姐自愿代考，现在学校决定，除对你做出必要的处分外，还要将情况上报县里，由有关部门对你姐姐做出处理，因为她严重破坏了招生秩序……"

杨浩一听，脸色变了："罗老师，你们不能处理我姐姐，要处理就处理我！"

罗顺根装作十分为难地说："可是，如不作处理，那两封检举你的匿名信怎么办呢？学校想瞒也瞒不住，弄得不好……"他刚说到这里，只见杨浩神色大变，吞吞吐吐地说："罗老师，这信……都是我写的……"

果然不出所料，但罗顺根不动声色，继续问道："怎么能证明你说的是实话呢？"

"罗老师，我说的全是真的……当初，我故意考坏，想让姐姐来读书，但结果是姐姐让了我，我心里一直很难过。上个月回家，我无意中发现姐姐在偷看我上学期读过的书，她看得很入神，当时，我觉得心里像有一把刀子在搅。后来，我悄悄地翻了她藏书的地方，她竟然把我学过的课本全都偷偷地抄了下来，放在自己的枕头下，而在她睡觉的枕巾上却湿了一大片。罗老师，我姐姐每天晚上都是一边看书一边哭着的呀……"说到这里，杨浩已泣不成声。

罗顺根鼻子一酸，差点掉下泪来，当夜，他跟校长商量到十二点钟，心情沉重地给县教育局、县政府起草了一份报告。

没几天，上面的批示就下来了：同意祁县二中的意见，不给杨浩以任何处分；允许杨洁参加今年的入学考试，倘被录取，其学习和生活费用由学校负担；另外，由县政府出面跟民政部门联系，安排杨母到他们属下的福利厂工作，使杨家能有相对稳定的经济收入。见了批示，年近六旬的校长和罗顺根高兴得竟像孩子似的跳了起来："啊，这下可好啦！"

三个月后，休学一年的杨洁参加了县里统一的招生考试，并以总分第三名的成绩被祁县二中录取，消息带着浓重的传奇色彩传开，轰动了整个县城。

八月底，也就是在杨洁报到入学的前一天，杨母也正式接到通知，去县五金福利厂工作。这个苦了半辈子的瞎眼女人，捧着通知书，热泪滚滚而下……

（夏友梅　张鸿昌）

捉贼捉赃

　　求实小学决定做校服，每个学生交50元。三天限期过了，唯独五(1)班的王亮没来交钱，班主任谢老师颇感奇怪，心想：王亮的父亲是位个体司机，家里经济条件好，平时学校收费他总是第一个完成任务。而今天，连家境困难的单平平都缴了，他为何一点动静都没有？于是上课的时候，谢老师就问王亮："王亮同学，全班的校服费都交齐了，为何就你一人未交？"

　　王亮见问，顿时满脸羞得通红，一句话也说不出来。谢老师见状，心中更感蹊跷，略一思索，说道："王亮，别难过，有什么困难，你跟老师说嘛。"

　　同学们也都附和起来："王亮，说吧说吧，说出来我们大伙帮你。"

　　王亮不禁心中一阵慌乱，瞧瞧大家，又望望老师，然后一咬牙，将心一横，说道："谢老师，我……我的校服费被人偷了。"

　　谢老师闻言一惊，立即问道："什么时候被偷的？"

　　王亮斜了一眼与他同桌的单平平，想了一阵，才说道："前天上学，我把50元校服费放在书包里，下课时去了一趟厕所，回来钱就没了。"

　　听了王亮这话，班主任和全班同学为之一惊。五(1)班是全校的文明班，出这种事真是太丢人了。见同学们议论纷纷，谢老师拿起教鞭，拍了拍讲台，高声喊道："同学们静一静，这事我一定要查个水落石出，做出严肃处理。希望同学们积极配合老师，下课后主动向我反映情况。"

　　下课铃响，谢老师夹起教案走出教室。她是位好强的女人，不仅教学上很有一套，而且对学生要求也极严。此刻，她将全班五十四名学生，像拨弄五十四张扑克牌一样铺展开来，一一地进行了分析研究，最后得出一个结论，认为单平平的嫌疑最大。理由是：第一，单平平生母早故，继母待他不好，父亲又因单位发不出工资，长期在外打工，家里无人管教，容易学坏；第二，单平平家里经济困难；第三，以往学校收费，单平平总是欠交，可这次却交得如此顺利，其中必有缘故。据此三条，谢老师决定对单平平进行重点调查。

　　中午休息，谢老师特地找到单平平的继母，一问校服费的事，单母便说她根本不知道这件事，也压根就没过单平平50元钱。这一来，谢老师的疑心更大了，她赶紧回到学校，将单平平叫到了办公室。

　　"单平平，你知道我为什么把你叫来吗？"谢老师态度严肃地问。

　　"知道。王亮的钱被人偷了，你找我了解情况。"单平平回答得干脆。"我找你来，是想给你一次改过的机会。"谢老师一双威严的眼睛盯着单平平。

单平平生性孤僻,不善交谈,听老师的言下之意,是怀疑他偷了王亮的钱,不禁打了个寒颤,一急,额头上渗出汗来。谢老师看在眼里,更坚定了自己的看法,索性开门见山地问:"单平平,说吧,王亮的钱是不是你偷的?"

单平平脑袋嗡地一声响,脸涨得通红,憋了半天,才大声叫喊起来:"不!不!我没偷,我没偷,真的,我没偷……"

谢老师见单平平如此激动,倒是吃了一惊。难道单平平的钱另有来路?为了慎重起见,她放低声调说道:"单平平,你说你没拿,那你的校服费是哪来的?"

见老师问起校服费的来源,单平平心里一阵狂跳,额上的汗水已聚成颗粒,顺着两鬓直往下流。这是他忌讳说出的一个秘密,他无论如何也不能告诉别人,所以含糊地答道:"是家、家里给、给的。"

谢老师一听,再也耐不住性子,发火道:"单平平,你是在说谎,你母亲压根就没给过你钱。你再执迷不悟,我只好通知你母亲来学校解决问题了。"

听谢老师说这话,单平平吓得身子一哆嗦,便"咚"地一声跪在了地上,惊恐万状地说:"谢老师,别告诉我娘,别告诉我娘,求求你,别告诉我娘。我错了,是我偷了王亮的钱,你处分我吧……哇……"单平平耐不住心中的恐慌和悲痛,终于号啕大哭起来。

谢老师见单平平如此悲伤,一种母性的本能,使她忍不住上前将单平平扶起,掏出手帕,一边替他擦去泪水,一边好生安慰道:"单平平同学,别难过,既然你认了错,以后改正就是了。我不会处分你的,只要你写份检讨就行了。"

放学后,单平平忐忑不安地回到家里,他的继母已怒气冲冲地等在那里。继母从班主任口里猜出单平平在学校犯了什么事,因而一见儿子那样子便厉声喝道:"说,你在学校做了什么?"单平平一看继母眼露凶光,吓得倒退几步,躲到了墙根。单母见状,顿时火起,一步跨上前去,伸手揪住单平平的耳朵,吼道:"说,到底在学校做了什么?"单平平被继母揪得疼痛难忍,怯怯生生回道:"没做什么。"单母见他不说实话,顿时怒火中烧,抬起左手,"啪"地一个巴掌重重地打在单平平的脸上,骂道:"你这不要脸的东西,偷了人家的钱还敢嘴硬?"

单平平被激怒了,心底里生起一种强烈的反抗意识,他怒目圆睁,吐出一口血水,愤怒地说道:"我没偷,你为什么打我?"

单母见单平平胆敢顶撞她,火气更大了,立即找来一根手指粗的绳子,将单平平反手捆在楼梯上,没头没脑地一顿毒打。

单平平遭此双重打击,幼小的心灵受到严重的创伤。想到因为家里穷,而被老师怀疑,又想到继母的虐待和父亲常为他的事与继母大打出手,差点闹得离婚,单平平的心碎了,对学校和家庭失去了信心,终于,在半夜,他拖着受伤的身子越窗出走了。

谢老师见单平平好几天没来学校,正要去找单母了解情况,却见一位同事带着一名交警来到跟前。交警声音沉闷地对她说:"你的学生单平平在邻县出车祸了!邻县交警在孩子身上找到一封写给你的信。"

谢老师闻言似万丈高楼失脚,三九晴天打雷,惊得魂飞天外。她急急地打开信,读起来:

尊敬的谢老师:

离家出走有好几天了,我感到好可怜,好孤独。两天没吃东西了,我好饿好饿。晚上睡在马路边的草垛下,好怕,好冷。我多么想回家呀,可我没有这个勇气。

谢老师,我冤枉呀,我真的没偷王亮的钱。我的50元钱是爸爸外出打工时偷偷给我的。爸爸临走前千叮万嘱,让我别告诉妈妈。为了不让爸爸失去妈妈，我只好违心地说了假话。

　　谢老师，我好想爸爸啊，可我不知道爸爸打工的地方，无法去找他。等他回来，请你转告他，说我对不起他，也不要责怪妈妈，都是我命不好，望他们不要离婚，将来我攒了钱，一定会回家的……

　　谢老师的心像被刀剐似的痛。她火速找王亮，一番询问后，王亮终于哭着说："老师，是我害了单平平呀……"

　　原来，最近王亮的父亲染上赌瘾，输光了全部存款，也恰在这个时候，学校要收校服费，王亮向父母要钱，钱没要到，反而还吃了一记耳光。事后，王亮为了面子，撒谎说他的校服费被偷了，可他万万没有想到，竟会闹出如此风波。

　　事情的真相弄清楚了，谢老师痛心疾首，深为自己的失误而内疚，立即赶往邻县医院。

　　单平平已经脱离了危险，一见老师，两只眼睛里顿时放出光彩，他紧紧地抓住老师的手，喃喃地说道："我没偷，真的，我没偷……"谢老师点点头，真诚地说道："老师错怪了你，向你道歉！你好好养伤，全班同学等着你……"

（邹海如）

永 远 的 朋 友

友谊不但能使人走出暴风骤雨的感情世界而进入和风细雨的春天,而且能使人摆脱黑暗混乱的胡思乱想而走入光明与理性的思考。

风雨共济

　　刘明和王小茅是一对好朋友。好到什么程度？用句成语，叫"形影不离"。刘明走到哪儿，王小茅就屁颠屁颠地跟到哪儿。王小茅在哪儿刚一露面，不用问，紧接着就会闪出刘明的身影。

　　他俩是一个村长大的，后来又一同考入省重点中学，住在一个宿舍。刘明是个瘦高挑儿，鼻梁上架了副近视眼镜，一副大学者的样子。王小茅则长得虎头虎脑，浑身的肉疙里疙瘩的。有时，同学们开刘明的玩笑，叫他"四眼狗"，只要王小茅听到了，他就会一个蹦高蹿到那个叫外号的同学面前，挥舞着胳膊说："你再叫一遍！你再叫一遍！"吓得那同学一个劲地讨饶。

　　可是，这么好的一对朋友，前天"掰"了。怎么回事？

　　那天，学校进行英语期中考试。提起这英语，王小茅最怵。

怵归怵,可他又不肯下功夫,所以考试成绩总是在60分上下晃悠。这回卷子一发下来,王小茅就傻了眼,觉得那ABCD像一群蝌蚪在眼前乱晃,简直不知道怎么下笔。

俗话说:急中生智。此话一点不假。王小茅一扭身,瞧见了坐在身边的刘明。他这个乐呀,心里说:这不现成的一部英语大词典吗?刘明的英语成绩在班里一直是数一数二的!于是他悄悄捅了捅刘明。刘明回过头来,王小茅朝卷子努了努嘴,刘明犹豫了一下,摇了摇头,自顾自继续埋头答卷。

嘻,你刘明怎么这么没交情?太不够意思了!你把你那卷子"开放"一点,我不也沾光吗?王小茅不死心,推了推刘明的左胳膊,意思是:你把胳膊放下来,好让我看几眼。

刘明停下笔,侧过头,又坚决地摇了摇头,并把左胳膊往桌子上移了移,更严实地遮住了卷子。

王小茅火了:看一下卷子又有什么了不起,又不是割你的肉喝你的血。他把刘明的左胳膊往下一拽,"刷"地就把刘明的卷子往自己这边移过来两寸。刘明不让,又"刷"地移了回去。

两个人这么一忙乎,惊动了监考的老师,老师厉声问:"王小茅,你干什么呐?"

王小茅忽地站起,说:"报告老师,我钢笔里的墨水溢出来了,我找刘明要张纸擦一擦。"

老师示意王小茅坐下,考试又继续进行。王小茅只觉得老师的眼光老往自己身上扫,吓得动也不敢动,心里直怨刚才刘明不肯帮忙。好不容易挨到考试结束,刘明被老师叫进了办公室。被老师一追问。刘明只好道出真情,结果,自然是王小茅被学校处罚,他的考试成绩得了一个大鸭蛋。

王小茅心里恨死了刘明:你算个朋友吗?你够"哥儿们"吗?古时候的人还能为朋友两肋插刀呢,现在我看一眼你的卷子,老师一追问,你就翻脸,要是生死关头,你不定怎么样呢!哼,你既然不讲朋友,那就别怪我王小茅不客气。咱们"拜拜"吧! 王小茅发誓:从此后再不理刘明,谁理谁是小狗。

这就是刘明和王小茅一对好朋友"掰"了的缘由。

王小茅说到做到。过去,他总和刘明两人一起打饭,一起去教室,周末又一起回村。现在呢? 王小茅总是一个人独来独往。可刘明不在乎,对王小茅仍像过去一样。开饭时间到了,他招呼王小茅一起去打饭;上课时间到了,他招呼王小茅一起去教室;到了星期六,他又约王小茅一起回村。可每每这时候,王小茅总是撇撇嘴,爱理不理地说一句:"河边没青草,哪要多嘴驴。"然后自管自走开了。

老师一次又一次地找王小茅谈话,批评他对"朋友"的狭隘理解。王小茅承认老师说得有道理,可一出老师办公室,只要一见到刘明,不知怎的,一种受辱的感觉,一种自尊心,又使他绷紧了面孔。

刘明还是不在乎。有一天,王小茅下课回到宿舍,发现宿舍门上、自己的床头上、凳子上,甚至茶杯上、衣架上,凡是眼睛能接触到的物品上:都贴了写有该物品英语单词的纸片。不用猜就知道,这些娟秀酣畅的笔迹准出自刘明之手。看着这些纸片,回忆起和刘明相处的美好时光,王小茅心中涌起一股暖流,可他拉不下面皮主动去跟刘明和好。

这天又是周末。下课以后,王小茅独自一人回村,他见刘明尾随其后,便甩开大步紧走。民谚说:"六月天,孩儿脸,说变就变。"出学校时还是蓝天一片,可刚拐进山里,天边就滚过块块乌云,没一会竟下起了大雨。王小茅没带雨伞,刘明追着王小茅喊:"小茅,我这儿有伞。"可是王小茅不理,不一会儿,整个人成了落汤鸡。

走到梨花涧时,前面传来"轰隆隆"的声音。刘明一惊,大声喊:"小茅,快回来! 山洪下来啦!"王小茅却像是耳聋了一般,脚步不停地直向涧中那条溪流走去。正当他准备几大步跨过去时，蓦地，他的双脚像被钉在了地上，动弹不得。因为就在他抬眼的一瞬间，他发觉身侧几十米的山谷中，一堵浑黄色的水墙冲了下来，像狰狞的猛兽，倏忽间就扑到了面前。几乎是同时，王小茅的后背被刘明重重推了一把，身子不由自主地往前趔趄了几步。当他回头时，咆哮的山洪已呼啸而下，卷走了枯枝杂草，卷走了石块，也卷走了他昔日的好朋友刘明……

王小茅被震惊了，哭着喊着："刘明！刘明哥——"他顺着山洪向下游找去，风雨里，只有一个心思：找到刘明！一定要找到刘明！此时此刻，他心灵的火花闪亮了，他真切地感到了刘明真够"哥儿们"。他恨自己，明明错了，却碍于情面不肯认账，还将自己的错误归罪于朋友！如果……

王小茅磕磕绊绊，连滚带爬地寻着、喊着、走着。拐过一个山垭，他猛地看见一个人正在涧边挣扎着，没错，是刘明，正抱住一棵倒卧在涧边的树干，他想攀上树干，但力不从心……

王小茅边跑边喊："刘明，挺住！我来啦！"他几大步跑到涧边，爬上树干，匍匐到刘明面前，紧紧抓住刘明的手，咬紧牙，使足劲，将刘明一点一点从洪水中拽到树干，然后两个人又小心翼翼地爬到涧边。

得救啦！刘明得救啦！王小茅这个高兴啊。看着刘明冻得发抖的样子，王小茅毫不犹豫地紧紧抱住了刘明，流着热泪大声对刘明说："我是小狗！"

刘明不理解王小茅这是什么意思，王小茅光乐不说话，这个秘密只有他自己知道，因为他曾经发过誓，再理刘明就是小狗。可现在，王小茅宁愿当一次小狗，也不愿失去刘明这个好朋友，这个讲义气的哥儿们。得了，一对好朋友又粘到一块了。

（范大宇）

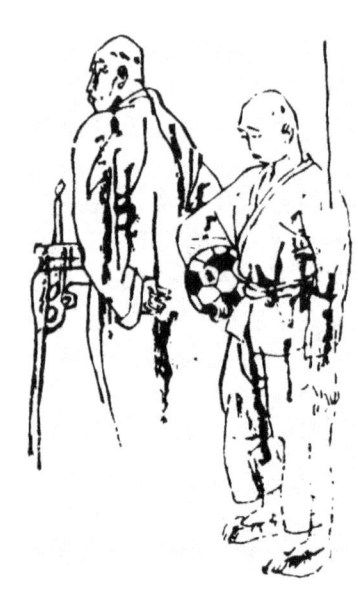

肝胆相照

　　时值仲夏,太阳火辣辣地挂在天上,在离四川峨眉山不远的一条山间小道上,正匆忙地走着两个和尚。走在前面的那一个,叫悟净,五十岁左右,瘦瘦的。那走在后面的,十五六岁,虽是满脸稚气,却长得十分的壮实,他的名字叫丁斌。

　　小丁斌是半年前才出家当和尚的。他从小就不好好读书,专爱踢足球,为此没少挨爸爸的打。他书读得一塌糊涂,好不容易才上了初中二年级。可第一个期末考试,成绩发下来,只有体育一科成绩优秀,其余科目实在是有些丢人现眼。丁斌怕回家又交不了差,索性一狠心,"得,干脆当和尚去!"他把成绩报告单一藏,咬咬牙,给爸爸妈妈留下一张字条,拿了几件衣服和一些钱,背上了心爱的足球,悄然离家出走了。

他东游西逛走了十几天，风餐露宿。听说寺庙一般都建在山林里，所以他一路专往大山深处钻。这一天总算给他找着了一个寺院，不由忘却了连日来的疲劳，一头冲了进去。但见前院鸟语花香，蜂飞蝶舞，一派赏心悦目的景象。穿过前院，进到中殿，才见一个老和尚在那里入定打坐，他不管三七二十一，上去一把扯住老和尚就说："老师父，收我做徒弟吧！请师父受弟子一拜……"

那入定的老和尚猛听得有人吵吵嚷嚷，睁眼一看，不由生气道："阿弥陀佛！哪里来的毛头，打扰我的功课，出去！"丁斌一听急了，忙说："师父，您听我说，我是千辛万苦才来到此地，专门找您来出家的，您老就收下我吧！我身体好，能吃苦耐劳……你不收我，我就不走了。"

老和尚眼睛一闭，再也懒得理他了。前几年，隔三差五总有一些毛头小伙子要来"出家"，尝尝当和尚的滋味，开头老和尚受不了他们的苦缠，收了几个，但到后来他们受不了那粗茶淡饭、寒影孤灯的寂寞，都走了，所以以后一见那些头脑发热的青年人来，任其磨破了嘴皮、跪穿了膝盖，老和尚一概不理。

丁斌被晾在旁边站了半晌，见老和尚再不理他，便将心一横，说："师父，你不理我，我也要当和尚，铁了心啦！我从家里出来，已经十几天了，你不收我，我日日缠你！"他说到做到，把包袱往香案下一丢，就赖了下来。白天他帮着挑水、扫地，做完杂活之后，就跑到院里去踢球。"嘭嘭嘭"一个又一个进球，踢得过瘾极了。他左一个"假设摆渡"、右一个"狮子摇头"；上一个"凌空飞腿扫荡"、下一个"滚地倒挂金钩"，练得比那国家队员还要卖力气，直搞得树上鸟雀惊飞、枝叶乱颤。他一边踢一边嘴还不闲着，不时大叫："好球！你们看我的头球怎么样！不行？好，再看这一个！"气得院中三个和尚都不约而同地拿了棍子出来要打他。

丁斌一见，"得！有门！"忙把裤子一褪，露出了屁股，"师父，你打吧！打了，你就得收下我；我不怕打，来。"老和尚见状，只好无奈地摇了摇头，道："你叫什么名字？多大年龄啦？""我叫丁斌，十六岁，师父，你收下我吧！我有力气，我帮你干活，陪你百岁……"

丁斌就这样终于获得了老和尚的允许，如愿以偿成了一名和尚，法名悟能。他好高兴啊！他摸摸剃得光光的脑袋瓜，"嘀嘀"顶起球来更加带劲……

丁斌投奔的这座"运来寺"，是一座千年古刹，地处偏僻，已多年香火不旺，庙中虽拾掇得井井有条，但生计日艰，靠政府补贴度日。老和尚眼下快年过百岁了，一天，他把悟净和悟能，也就是丁斌，叫到跟前，指着一大捆经书说："你俩把这些经书送到嵩山少林寺去，那里的方丈、住持都是我的徒儿，会收留你们。到那里后，就不用回寺了，就在那边用功吧！这边，让悟缘陪我即可。"

就这样，丁斌和师兄悟净背着经书，带足盘缠、口粮，开始了跨山越岭的"长征"。他们千辛万苦好不容易进了河南境内，眼看快到嵩山了，不想师兄由于长年粗茶淡饭，缺少油腥，这天在路上又一时口渴连吃了两支雪糕，就一路走一路拉稀病倒了。多亏了丁斌年轻力壮，连拉带扯，扶着他慢慢走着，到了晚上，才遇着一个小村庄。待丁斌把师兄安顿好，已经月上树梢，星星在天上眨着眼睛，月亮把大地照得一片亮堂。

丁斌想着给师兄请医找药，就拿了一个口盅出门去。他正走着，忽见月光下有一个瘦小的身影，蹲在那儿抓萤火虫儿。只见她抓住一个，"嘻嘻"笑着，就把虫子装进手中的小瓶里，嘴里还"一、二、三、四"地数着。

他觉得好奇，走近一看，见是个只有十一二岁的小姑娘，穿得破破烂烂，人却长得很漂亮，那圆圆的脸盘上有双大眼睛，笑盈盈会说话,月光洒在她的身上,真像是一位可爱的花仙子。

丁斌好奇地问了一句:"小妹妹,你抓这些虫子干啥呢?回家去吧!等下大老虎要跑出来了。"

小姑娘见是一个小和尚,惊讶地说:"啥老虎呀?我才不怕呢!我就怕郝文厚。""猴?"丁斌一时听不明白,"什么猴?"小姑娘眨眨眼睛:"郝文厚你都不懂呀?告诉你,那是我们村长的宝贝。哎,长得同我差不多高,脸长长的,眼睛凶凶的,鼻子红红的,耳朵大大的……"

"啊!那是条狗吧?不要怕,它来了,我帮你打它!""嗨!是狗就好了,是人呢!"丁斌一听,不由笑了:"同你一样高的一个小孩,你怕他干啥?""我们家欠了他爹好多好多的钱。他爹说了,等我长到5840天,就得给他儿子丑猴子作媳妇,俺不愿意,又不知道这些天是多少年,我要把它算出来,到时好提前逃跑。""那你怎么还有闲心抓这些虫子,干什么呢?"

"数数儿呀!我从过年起,一天放一个亮虫儿在瓶子里,到明年过年就知道一年有多少天啦,然后……""哎呀小妹妹,我告诉你吧,一年有365天,你5840天嘛!我来帮你算算,该是……该是……"

丁斌折了支小树枝在地上划了起来,由于平时最讨厌数学,这4位数的除法都快要难住他了。他斜眼看看在旁边正瞪着一双天真的大眼睛、虔诚地等待他的小姑娘,急得快把自己的光头搔破了。"嘿!这该死的数学,比足球难踢。"算了足有十分钟,好不容易划了个得数,他不由得嘘嘘地吸了口气,喃喃地说:"十六岁,同我现在一样大。"

"谢谢你!和尚哥哥,你真行!可你为什么不念书呢?念了书,你的本事会更大呀!俺爹说我们家穷,没有钱念书。你教我识字吧,我认识字了,就不怕'猴子'了。"

"好!好!有空我一定教你。"看见小姑娘穿着破破烂烂的衣服,丁斌的内心被深深地震动了。真想不到,现在都什么时候了,还有这样苦的小孩,连书也读不上,抓虫子来数数儿。不是自己亲眼看到,打死他也不会相信,还以为是天方夜谭呢!丁斌想想自己以前真是身在福中不知福,有书读不进,实在是对不起国家、老师和父母;对不起此刻站在自己跟前的小妹妹!

正当他痴痴地在自叹自责时,猛听得"哎哟"一声尖叫,令人不寒而栗,打眼一看,只见一个小矮人不知从什么地方突然蹿出来,拎着小姑娘的耳朵用力一扭,就把她甩倒在地,手上挥动着一根干树枝,狠狠地抽打,边打边骂:"好呀! 小红英,你好大胆子,你是我的媳妇,却敢在这里跟小和尚私会,看我不打死你!"

丁斌一听小矮人这话,不由得怒火直往脑门上冲,"住手!"他一个箭步虎跳,用力抓住小矮人的手,疼得小矮人直叫唤:"哎哟,哎哟! 哪里来的野和尚,勾引人家媳妇,还要打人……""你再叫,我揍扁了你! 勾引你媳妇? 哪个是你媳妇? 你小子才有多大?"

"哼! 我十六了,高中生,比你和尚强多了吧。你和尚是不能娶媳妇的,可惜! 可惜! 哈哈……""你不好好读书,干嘛逼人家做你媳妇? 回去告诉你爹,别欺负人! 要自愿!""自愿? 你帮她还债呀? 告诉你,她家欠我们五百块钱呢! 一辈子也甭想还清,穷鬼!"

"既是你媳妇,为什么不给她读书?"

"读书? 我爹说了,到她十二岁我爹给她读,十五岁回来挣钱还债,十六岁同我成亲。"小矮人好不得意。"五百块钱就想逼煞人。哼! 我爸一个月工资就六百块。你等着,一个月后我帮她还债,不准你再无故打她。"

"喂! 你和尚哪来的爸爸呀? 和尚是不能成家的,哈哈,我知道了,你其实就是个野种,野和尚,杂……""咚"的一声,小矮人话没说完,就被丁斌劈面一拳,砸得踉踉跄跄后退了好几步,最后一屁股跌坐在地上,疼得他杀猪般的嚎叫起来。他好不容易才站起来,见对方双眼好像铜铃,两个拳头足有他的脑袋瓜大,吓得一转身赶快逃走了。

丁斌还在气头上,他转身看见小姑娘脸上几条血痕和被扭红的耳朵,果断地说:"小妹妹,你不要怕他! 待会儿我就找师兄要钱帮你还债。还要告到你们乡政府去,让你读书,不然,你以后还得受欺负。"

说完后,丁斌恨恨地蹲下身子,用力打了自己一拳:"我……咳! 我真该死,等我办妥了事情,我就回去读书。读完初中,再读高中,然后去做生意! 赚足了钱,来帮你们修公路,把多多的老师请进来,教你们读书,帮你们赚钱。"

"谢谢你,和尚哥哥! 你已经打跑他了,你快教我认字吧! 教我认好多好多的字!""好! 今天你要先认哪些字?"

小姑娘挺认真地想了一下,他说:"你给我写上:郝红英,要读书! 长大了,气死丑猴子。""好,有志气! 来,哥哥教你写。"

丁斌蹲下去,在地上一笔一画认真写起来。此刻,在他脑子里,一个坚定的声音在重复着:回去,回家去! 读书,读好书……

(王仕姿)

双璧无瑕

西城区少年足球选拔赛首先将在区内各学校举行，十八中学穿红球衣的初三(1)班队和穿蓝球衣的高一(2)班，正在绿茵场上一决高低。

比赛进行到最后五分钟，电子记分牌上仍然闪烁着:0：0。

从整体实力看，蓝队远不是红队的对手，但是蓝队有个外号"鬼把门"的一号守门员，移动速度快，弹跳力强，判断准确，化解了红队一次次凌厉的攻势，才使比赛双方处于势均力敌的局面。

面对这一严峻局势，红队队长毛绍雄心急如焚：如果最后五分钟内红队仍不能进球，按竞赛规则必然以罚点球决定胜负。蓝队有鬼把门，显然占着优势，但如果红队今天不能出线，那么去年刚到手的区少年足球冠军杯就要拱手让人。怎么办？毛绍雄不愧为"智多星"，眼睛眨几眨，想出了一个鬼点子。他连忙叫过三号王飞，小声咬了一阵耳朵，两人会心一笑，王飞便依计而行。

只见毛绍雄把球运到对方禁区附近，这时候只剩最后一分钟了，他朝电子计时牌瞥了一眼，起脚直射。果然，鬼把门像被电脑操纵似的，身子倏忽一闪，越出球门区，双臂一伸，两手已将足球牢牢接住。几乎与此同时，王飞已运动到守门员身旁了，他突然猛力抬起一脚。不过这一脚不是踢在足球上，而是踢在鬼把门的左臂上。只听"咯喳"一声，鬼把门左臂脱臼，肌肉受伤，捂着膀子滚倒在地上。就在这时候，下半场结束的哨音响了。

王飞犯规伤人，当然被红牌罚下赛场，但是谁也不知道他是故意这么干的，所以王飞心里好不得意，暗暗称赞毛绍雄智谋高超，舍卒保帅，用这个办法废了鬼把门。想想自己为红队出线立下了汗马功劳，不禁沾沾自喜起来。

再说鬼把门被送往医院急救去了。蓝队顿时乱成了一锅粥，换谁把门也没有把握接住红队五个点球啊，教练急得抓耳挠腮。就在这时候，只见看台上走下一个中学生模样的人来，大声说："我替你们接住五个点球！"教练抬头一看，惊得张口结舌，怎么这孩子的长相跟鬼把门一模一样？小平头，招风耳，一米六五的个头，长得结实黝黑，简直就是一个模子里拓出来的。

教练未及出声，就见这学生低眉一笑，自我介绍说："我叫白玉双，是你们鬼把门白双玉的哥哥，我俩是双胞胎。放心吧，教练，我和弟弟经常来这个体育场练球，弟弟的很多技术还是我指点的呐。"教练一听鬼把门的技术还是这个当哥哥的指点出来的，不禁欣喜万分，二话不说就把白玉双推上了场。

点球由蓝队先发。大约红队守门员增强了必胜信心，所以守门技术发挥得特别出色，第一只球就被守门员稳稳地接住了。

轮到红队罚点球了。队长毛绍雄主发，他把球放稳，抬眼看对方球门动向。他当然不知道蓝队现在的守门员就是鬼把门的哥哥，只觉得怪呀，鬼把门不是负伤送去医院了吗，怎么这么快就回来了？再定眼细看，这球门员长相虽像鬼把门，却可以肯定不是鬼把门。你看他位居球门正中，身体微向前倾，双手下垂，脑袋偏歪，两眼压根儿不看发球人，倒像是在用耳朵听发球。哈！原来他是个外行。中啦，一球定输赢吧！他得意地往后退几步，猛冲上前，右脚一扬，那球就直射对方右边门柱内侧。说时迟、那时快，当足球离门柱还有两米多远时候，只见白玉双两脚左右一划拉，没看清他怎么移动的，人已斜跨出去，身体同时弹起，双臂轻舒，就稳稳地把足球抱在怀中，一个鱼跃，顺地一翻站起，扔回足球，人又回到了球门中间。

毛绍雄不以为然，认为这是对方运气好，这回让他碰巧了。红队又连发三球，专攻左右门柱内侧。谁知白玉双步法奇特，只看见人影子晃动，三个球又一一落入他的怀中。

这是怎么回事？毛绍雄丈二和尚摸不着头脑。眼看蓝队五个球四个未进，和红队旗鼓相当，红队现在只剩最后一个球了，由红队队员主发，只见他使出浑身解数，抬腿做了一个假动作，想分散对方守门员的注意力，哪知对方竟然无动于衷。他不死心，左脚抬腿又做了一个假动作，随后用尽全力甩开一脚，"嘭"一声，他想把球直踢起来，企图从守门员头顶射入网内。这是他练了一年才练成的香蕉球。可是这个绝招今天失灵了，足球刚刚飞到白玉双头顶，只见他两脚一弹，双臂扬起一合，足球又被牢牢地钳住了。守门员的精彩球技，激起四周看台上观众一片喝彩。

这时，白玉双走到蓝队教练面前，弯腰鞠了一躬，感激地说："谢谢，你让一个盲人过了一回真正的球赛瘾。"教练大惊："你是盲人？""是的，我是听球来的风声接球的。"

盲人守赢了球门？太出人意外了！这消息一传开来，引起全场轰动。毛绍雄哪肯相信,凭他的技艺,会破不了盲人守的球门?那岂不太臊死人了吗?他跑到白玉双跟前,伸出两根手指直戳他的双眼。指头悄无声息到了睫毛前,白玉双仍瞪着大眼,一眨不眨。"你果真是盲人?""我叫白玉双,在市盲校学按摩。刚才是你主发球的吧?脚力和球技都不错,我愿跟你交个朋友!"白玉双边说边抓住毛绍雄的手,亲切地握了握。毛绍雄一脸尴尬,搭讪道:"你的步法非常神奇,希望你肯指点我。"白玉双真诚地说:"行,我家住子午巷19号,有空来玩。"

蓝队领队和教练经过研究,决定放弃胜利果实。他们说自己队的实力确实比不上红队,而且鬼把门又受了伤,应该让本校最强的球队去区里争冠军。

红队终于得到了出线权,然而毛绍雄此刻反而没有一点点获胜的喜悦,他感到羞愧难当,实在对不起鬼把门。他决定去子午巷19号探望白氏兄弟。

白家住的是私房,三间大屋,屋后还有一个大院子。鬼把门手上吊着绷带,正在家里休息,见毛绍雄来了,十分惊讶,亲热地拉着他的手,钦佩地说:"不好意思,谢谢你特地来看我。你的球技很高超,好好练,当中国的马拉多纳!"而对于受伤的事,他一点不埋怨对方,这叫毛绍雄心里更难受。

鬼把门的哥哥白玉双听说毛绍雄来了,赶紧从里间走出来,友好地说:"你果然来了,来,我教你步法!"他把毛绍雄拽到后院。只见院子里半个教室大的一块空地上,百十块红砖摆成八卦形状。毛绍雄很奇怪,问这些做什么用。白玉双说:"练八卦迷踪步啊!"原来这是白氏兄弟的父亲去武当山旅游时,跟一个老道士学的。学会这种步法,跑动起来特别灵活。父亲学会了教给儿子,原指望让盲眼儿子遇到歹徒时,打不赢人家,可以快快逃命,哪知白玉双掌握这种步法以后,不但勤学苦练,而且开动脑筋钻研,把它改造成足球场上的守门绝技,传给了弟弟。现在,他想教会毛绍雄,要他设法用到进攻中去,争取到市里夺魁。

白玉双边讲边做,在红砖上辗转腾挪,轻盈得赛过猿猴,步步落在红砖上,而那红砖就像只是被蜻蜓点了一下,丝毫不移动。毛绍雄在平地上照着学,步法并不繁难,很快掌握了要领,可是一踏上红砖就不行了,由于脚下用力不匀,半圈没走完却已经摔了七八个屁股墩,跌得他龇牙咧嘴直叫唤。

白玉双急忙跑过来问:"没跌坏吧?"鼓励说:"起初我也跌倒过许多次,可坚持练了三年,就达到现在的水平了。你只要多练练,一定会成功的!"说着便又蹲下身子搀扶他。谁知他一伸手却抓着了毛绍雄的左脚踝,这儿原来有伤,猛一碰疼痛钻心,毛绍雄不由哆嗦了一下。白玉双立刻感觉到了,一边连连打招呼,一边轻轻抚摸着,咂嘴道:"你这是旧伤,肌肉和腱都扭伤得很厉害嘛!"毛绍雄诧异道:"我又没说,你怎么知道的?摸一下就分辨出新伤旧伤?"白玉双露出白牙,笑着解释道:"我是学按摩的。你踝部肿胀,有硬块,是淤血造成的,新伤不会这么快就肿就硬。来,我帮你治疗。"毛绍雄不禁暗暗佩服:这盲朋友,比眼睛看得见的人高明着哩!

兄弟俩把毛绍雄扶进他们的卧室,室内墙壁上张贴着许多足球明星的肖像:贝利,马拉多纳,马斯腾,济科,容志行……哇,世界足球明星大聚会!毛绍雄冲鬼把门一眨眼:"这些全是你的崇拜偶像?"白玉双在一旁插话道:"他们也是我崇拜的偶像!""你?你看得见他们吗?你是个瞎……"毛绍雄发现自己说漏了嘴,赶紧"刹车"。白玉双并不介意,说:"我虽是瞎子,眼睛看不见,可心里看得见啊!我告诉你他们长得什么模样。"他如数家珍地把这些世界足球明星的相貌、年龄、技术特长,踢过哪些精彩的比赛等等等等,娓娓道来,对毛绍雄来说,简直像在翻一本足球明星大词典。

毛绍雄暗暗赞叹,白玉双简直应该荣获超级球迷的称号。

他话还没出口，只听白玉双叹了口气，说："你别看球场上风华正茂，其实他们身上都有伤呐！"他接着就把明星们各人伤在何处——说了出来。这些，可是连明星大词典里也查不到的啊！毛绍雄疑惑不解地问："你搜集这些资料干什么？"白玉双一脸严肃地说："这辈子我当不了足球明星，我就立志当一个能替明星按摩治病的好医生。这样，我也能为中国足球冲向世界做一点自己的贡献啊！"

毛绍雄听得眼眶发热，脸羞得绯红。想想白玉双和自己年龄相仿，可他的心胸多么宽阔，他的志趣多么高尚，他对理想的追求又是多么执著。毛绍雄坐不住了，要把自己当初卑鄙的小聪明向他们坦白，求他们的原谅。他一动，白玉双觉察了，按住说："别乱晃，你的伤处正在发炎，暂时不宜按摩，我先替你热敷、扎针、贴膏药，散淤消炎！"他取来热毛巾，叫毛绍雄脱掉鞋袜。毛绍雄捂住脚，怎么也不肯，说："我有脚臭，还是让我自己去医院吧。"白玉双不由分说，三下五去二褪去他的鞋袜，拽过脚，包上热毛巾，还风趣地说："我这个医生闻不见脚臭。"不一会儿，他又取出长长的银针，解释道："我要扎你眉心、耳下、膝弯和小腿的穴位，你放松配合。"啥，这么长的钢针扎进眉心，开玩笑，想要我的命啊！毛绍雄心里说："你看不见，乱扎一气，可别扎坏眼睛把我也弄成瞎子。要扎坏大脑那就更惨，这辈子我就当白痴吧！"鬼把门在一旁看出他神色紧张，安慰说："你别怕，我哥为练针灸，扎坏过一百多只冬瓜、三只塑胶人体模型，还在自己身上扎过两百多个穴位，到现在为止，他已经替一百多个病人临床针灸过……"鬼把门话没说完，白玉双手指轻拂，银针已扎进毛绍雄眉心，他双手轻拈，毛绍雄只觉得一阵酸酸麻麻，这种感觉又慢慢传遍全身。这位少年盲医认穴之准，手法之妙，实在匪夷所思。

接着，又扎耳下、膝弯和小腿等穴位。待八根银针取出之后,毛绍雄顿觉浑身舒坦,左脚疼痛大减。他心头一热,拉住白玉双说:"你对我真好,我、我向你们赔礼道歉!"听完他的"坦白交代",白玉双淡淡一笑:"踢球难免受伤,你的作为虽不可取,但也是为了集体荣誉,情有可原。"毛绍雄一听更坐不住了,大声说:"不,我有私心,再过半年我就初中毕业了,我希望能考取培光中学高中。你们都知道,培光中学的体育教学最著名,每年都为体育学院输送十几个大学生。培光对蝉联两次市级冠军的团体校队学生放宽30分录取,我就是被这一条吸引想出这个歪点子的,真是罪该万死。我钦佩你是个真正的男子汉,而我只是一个小人,你们狠狠地骂我吧!"

白玉双没有骂他,紧紧地握住他的双手,动情地说:"记得一位伟人讲过,能知错改错的人,才是最勇敢的人。你永远是我们的好朋友!"毛绍雄再也控制不住自己,热泪顺着腮帮止不住地流了下来。

(周振亚)

青 春 的 雨 季

假如生活欺骗了你，不要悲伤，不要心急，阴郁的日子须要镇静。

有泪不轻弹

盛夏的一天午后，尽管天热得像火烤一般，但兴隆镇因为在进行有奖销售活动，因此街上行人川流不息，店内顾客人头拥挤，在镇中心百货商场里，设有有奖销售的柜台前面，更是被围得水泄不通，营业员忙得不可开交。

这时候，一位穿着短衫短裤的男孩挤到一个玩具柜台前。他不过十一二岁，通红的脸上挂满了汗水，他一手紧紧握着一个红色小钱包，一手把10元钱递给营业员，要买一个变形金刚。当营业员把变形金刚给那孩子时，冷不防旁边一只白嫩纤细的手一把抓住了那孩子，同时一记响亮的巴掌打在了孩子的脸上："小瘪三，你害得我好苦哇。"

男孩一边双手死死地把红色小钱包护在胸前，一边惊恐地抬起头来，只见骂他打他的是一位气冲冲的阿姨，便问："你、你打我干什么？"旁边的人见状都围拢过来。一问情由，那位女同志说这红色小钱包是她的，被这小瘪三偷去了。男孩极力分辩，说红包是自己在公路边捡的。

此时，一位中年人上前一步，从孩子手里要来了钱包，然后问女同志："你说钱包是你的，那你说说看，里面有多少钱？"

女同志很快地回答："850元，我是准备来买金戒指的。那钱包的拉链坏了，我用白线给缝了几针，因此一眼就认出来了。"

中年人继续问："能记得票面吗？"女同志略加沉思，然后肯定地做了回答。中年人打开钱包，一点数，果真如此，便把钱包还给了那女同志，然后回过头来问那男孩："你说钱包是捡的，但你为啥不交给派出所或学校的老师？"孩子"吭哧吭哧"回答说："学校放假了，我想交到派出所去，又怕商店关门，所以先来买变形金刚。"

这时，人群中忽然有人喊："他在说谎。这小家伙是赵家村的，叫赵小明，我认识，他老子就是盗窃犯赵二狗，现在还在'庙'里蹲着哩。"这一叫，人群中可就议论开了，说什么的都有，这孩子最终被送进了派出所。

派出所经过调查，证实钱包是那女同志的，但无法证实到底是她丢失的，还是赵小明扒去的。鉴于赵小明年纪尚小，钱包里的钱一分未少，事情已经过去，派出所认为不必再扩大影响，便教育了赵小明一番后，叫他的母亲把他领回了家。

却说，赵小明的母亲张红梅是个为人忠厚、性格倔强的女人，自男人因偷盗被判刑入狱后，对儿子管教一直很严，唯恐他跟丈夫一样学坏，可想不到的事情偏偏发生了，她真是说不出的痛心和愤怒，因此一回到家里，便把大门一关，抄起一根小青竹，指着儿子又气又恨地骂道："你这个不争气的东西，今天非打死你不可！"

　　赵小明吓得缩在墙角,脸色苍白,两眼恐惧地盯着暴怒的母亲。张红梅手里的那根小青竹,无情地向儿子身上抽去,赵小明身上顿时鼓起一条条的红杠杠,他咬着牙,硬是没哭一声。

　　张红梅火发尽了,打累了,扔掉小青竹在一旁直喘粗气。不料赵小明猛然"扑通"一声跪下来,双手紧紧抱住母亲的双腿,声泪俱下地说:"妈妈,我没有偷,人家冤枉我,我怎么说他们也不信,你也不相信我……妈妈,我的好妈妈,相信你的儿子,钱包是我从公路边捡的,我没有给你丢脸啊!"

　　本来,小青竹抽打在儿子的身上,却痛在母亲的心头,现在又听儿子从心底里讲出这番话,张红梅的心碎了,她再也控制不住自己的感情,一把拉起儿子,母子俩哭成一团。

　　自尊心被深深刺痛的张红梅,觉得这件事情不弄清楚,日后将更不好做人。次日早上,她来到兴隆镇派出所,要求澄清事实,为孩子恢复名誉。

　　派出所所长老王听了张红梅的要求后,面露难色地说:"张红梅同志,我理解你的心情,作为一个母亲,孩子出了这种事,心情是非常痛苦的。但是,要让我们给你孩子证明是无辜的,是被冤枉的,那我们不能凭空而说,必须要有事实根据。"张红梅语气坚定地说:"天地作证,我孩子是无辜的。"

　　这时,王所长的脸一下严肃起来,说道:"张红梅同志,有些人之所以走上犯罪的道路,往往与小时候受到社会和父母的纵容、庇护有关,这一惨痛的教训你还不够吗?"张红梅只觉心中一闷,"你……"却怎么也说不出话来。王所长话锋一转,道:"这件事买个教训。至于孩子嘛,有则改之,无则加勉,这样对孩子没有坏处。"事已至此,张红梅还能说什么呢?

　　遭受满腹屈辱的张红梅回到家里,又把儿子叫到跟前,认认真真地问道:"小明,你对妈说实话,到底有没有偷人家的钱包?妈不再打你,原谅你这一次,只要你以后不犯就是了。"

没想这回赵小明出奇的平静，一听母亲的话，他二话没说，从厨房找来一把菜刀，轻轻地放在母亲面前，说："妈，你把我的心掏出来吧，小时候奶奶告诉我，坏人的心是黑的，你把我的心掏出来，到底是红的还是黑的。"

张红梅望着儿子一脸的稚气，鼻子不禁阵阵发酸，她转过头擦去眼泪，像是对儿子，又像是自言自语道："嗨，证人，唯有证人的证明，咱们才能不被冤枉。"

赵小明仰起头问母亲："妈，什么叫证人？"

母亲长叹一声："就是有一个人，他能证明你钱包确实是捡到的。"赵小明忽然说："捡钱包时没人看见，后来又来了一个人，他知道钱包是我捡到的，他能不能做证人？"

"谁？"张红梅立即睁大了眼睛，她埋怨儿子为啥不早些跟她说清楚，赵小明便一五一十把昨天午后遇见那人的情形告诉了母亲。

当时赵小明在公路边的草丛中拾起那红色小钱包后，拉开一看，见里面有许多钱。十一二岁的孩子已经知道赚钱的艰辛，这么多钱不知浸透了失主多少辛勤的汗水，也知道拾到东西要还给人家，因此，为了及时把钱包归还失主，赵小明便不再去镇上买东西，而决定在原地等待，他想也许失主一会儿就会找过来。

等了一会儿，果然见一位年约四十、干部模样的中年男子从公路那边推着自行车，低头注视公路边茂盛的草丛，满脸焦急地找过来。赵小明立即迎上前去，说："叔叔，你丢的钱包在这。"说着就把钱包递给他。不料中年男子摇摇头，说他丢的是文件包。

此时，虽说是午后二三点光景，可仍火热似炙，赵小明的脸蛋被烤得通红，浑身衣衫透湿。中年男子看到赵小明如此拾金不昧，很受感动，他一面掏出手帕给赵小明擦汗，一面催促他去派出所，把钱包交给民警叔叔，他们会帮助寻找失主的。因为公务在身,中年人急于回城,否则将送小明一程。中年人走后,赵小明立即往兴隆镇赶去,不料却发生了这意想不到的事情。

听了儿子的叙述,张红梅犯难了:孩子一不认识那中年汉子,二不知道他的地址和工作单位。唉,天下之大,到哪儿去寻找这个证人?

从此,张红梅忍辱负重,强咽辛酸,行事格外谨慎,唯恐再节外生枝。不想,事情偏偏又找上门来。

这一天傍晚,张红梅从田间回家,见儿子额头红肿,正坐在门槛上哭,一问情缘,才知是同村的孩子们骂他是小瘪三,跟父亲一个样,所以见了他都忙不迭地关门。小明受不了这种侮辱,跟他们干仗了,无奈他身单力薄,被打得鼻青脸肿。

张红梅打来一盆清水,一边流泪,一边给儿子擦洗。赵小明央求母亲道:"妈妈,给我找那个证人吧,人家都瞧不起我,叫我以后怎么读书?"

是啊,一旦背上这贼名,儿子将来的前途都要受到影响,在他以后漫长的人生道路上,永远会染上一个抹不去的污点。然而,去寻找这个无名无姓的证人,真比大海捞针还难。

小明似乎看出了母亲的心事,说道:"妈妈,虽然我不知道那人的地址、名字,但我只要一见到他,立即就会认出来的。而且,他说丢了文件,又是回县城,一定是县城里的干部。"

张红梅从儿子的语气里增强了信心,为了洗清这不白之冤,为了将来,她决定带儿子进城,去寻找那位高大的中年男子。不管遇到什么困难,也要找到他!

第二天一早,张红梅在家中收拾收拾,带着小明踏上了进城的道路。他俩寻找证人的第一站,便是县政府。

县政府机关的门卫是一位五十多岁的胖大嫂,她听了张红梅辛酸的叙述,激起了心中的同情心,她把张红梅母子俩迎进屋,搬椅倒茶,热情招待。人地生疏,受此款待,张红梅非常感动。

胖大嫂告诉他们,县机关有几十幢房子、几十个部门、几百个办公室、上千号人,如果一一走到,时间和体力都受不了,并且此人不一定就在县府机关里。因此,胖大嫂给张红梅出了个主意,叫她午饭时到机关食堂去,因为那时县府机关所有的人都要去食堂吃饭,只要往那儿一站,进出的人都能见到,这样既省时又省力。说着话午饭时间到了,胖大嫂把张红梅母子领到机关食堂。

果然,机关午饭铃打过之后,从办公室陆陆续续走出许多人,一时,食堂门前便热闹起来。小明把眼瞪得圆圆的,注视着来去的人,但终未见那中年男子出现。一个小时后,食堂里又空荡荡的,母子俩只好怀着失望的心情离开。

就这样,几天时间,张红梅带着儿子一连跑了许多单位,均未找到那位中年证人,每到一地,张红梅都要像祥林嫂一样,向围观的人们讲述儿子遭受的不幸和寻找证人的迫切心情。人们听后,都非常同情他们母子俩,有些人建议他们到报社去,让记者为他们伸冤。张红梅并非没有想到此事,但她清楚地意识到,没有证人也是白搭。因此,张红梅别的念头不想,一心要找到证人,让事实来证明孩子是无辜的、清白的。

又经过了几天的努力,张红梅母子俩几乎跑遍了县城里的大小机关、工厂,仍未找到那中年证人。人不是铁打的,连日来的奔波,张红梅的体力和精力极大地耗尽了,圆脸变成了长脸,人一下子苍老了许多。每次带着失望回到旅馆,都像散了架似的瘫倒在床上,而更糟的是小明,由于连惊带吓,以及这几天不停的奔波,他的精神几乎到了崩溃的边缘,夜夜做噩梦,醒来便抱着母亲大哭大叫。

一天早晨,当张红梅匆匆吃了早饭,又要带小明出门时,小明突然抱住她的胳膊,苦苦地哀求说:"妈妈,我实在走不动了,就别找了吧，我们回家吧，求求你，妈妈！"

张红梅托起儿子日渐消瘦的脸，含泪说道："乖孩子，再坚持几天，我们还有一些单位没去，只要有一丝希望，就得去找。找不到证人，没人给你证明，将来要影响你的前途，你会后悔一辈子的。"

"不，"赵小明哭着说，"我不后悔，我不要什么前途，我只要跟妈妈在一起。"张红梅听罢，一时性起，抬手给儿子一个巴掌，怨恨地骂道："废话，你不要脸皮，我可要脸皮。你这个不争气的逆子。"说罢，强忍着心中的痛楚，含着泪，拉着儿子走出了旅馆。

为了能让孩子坚持下去，张红梅叫了一辆三轮车，但找人并不固定在哪个地方，而且叫一次车要三四元钱，于是改租一辆自行车，但儿子不会骑，城区内又不准带人，因此只好又把自行车退了。没办法，张红梅硬是背着儿子，一条街又一条街地去询问，范围虽然一个个缩小，但希望却一次次破灭。

从家中出来的第五天，小明终因抵不住连日来的奔波，病倒了，半夜里发起高烧，说胡话，最后竟手脚发抖、脸色青紫。张红梅吓坏了，抱起儿子，拦了一辆汽车，直奔医院。

经医生诊断，小明患的是中毒性肺炎，因体质差，可能会祸及心脏，引起心肌炎。

赵小明躺在医院里，整日昏昏沉沉，难得清醒几回，张红梅寸步不离地守在儿子身旁，虽经医生急救，但小明的病情仍时常反复。这天傍晚，赵小明又从昏迷中醒来，张红梅立即凑过去，轻抚着儿子苍白、消瘦的小脸颊，含着泪说道："小明，是妈害了你，妈不该打你、骂你……"

小明懂事地摇摇头，说："妈妈，不怪你，我要是死了就好了。小时候听奶奶说，人死了会有魂灵的，魂灵会飘来飘去，这样我就会很快找到证人叔叔了，也不要让妈妈东跑西跑了。"

小明吃力地把话说完，张红梅的眼泪再也止不住地大颗大颗滚落下来,她赶忙说道:"小明乖,不要瞎说。你不会死的,证人叔叔会找到的。"小明艰难地摇摇头,声音更加微弱了:"妈妈,我好像、好像已经飘、飘起来了,我要去找证、证人了……"说着说着,孩子的面孔涨得通红,两只手无力地垂了下来。张红梅慌了,急叫道:"小明,小明,你怎么啦……医生!"她急忙站起身向病房外冲去,"医生,快救救小明,他又昏过去了!"

但是一切都已为时过晚了,中毒性肺炎祸及心脏,病魔无情地夺走了小明年幼脆弱的生命。

这件事在小小的县城轰动了。人们有的愤慨,有的惋惜,更多的是同情,一时间县里的报纸、县广播台纷纷刊出、广播群众对此的想法和议论。

一天,张红梅正在家中守着小明的骨灰盒发愣,忽然从门外进来一拨人。这些天,认识的、不认识的人听到消息,都自发地前来慰问张红梅,所以此时张红梅忙起身上前招呼。有人给她介绍:"张红梅同志,这位是洪副县长,专程前来看望你,希望你节哀。"县长? 张红梅抬眼看着面前的陌生人。洪副县长握住了张红梅一双冰凉的手,颤声说:"张红梅同志,我是从报纸上才知晓这件事的。我来晚了,太晚了。小明是个好孩子,他是无辜的,我就是你们母子俩千辛万苦要找的那个证人啊!"

"什么?"张红梅几乎不信自己的耳朵,突然,她转回身,捧起了小明那只黑漆漆的骨灰盒,悲痛地叫了声:"小明,你听到了吗? 我们的证人找到了。你是妈妈的好孩子,妈妈的宝贝……"说罢,她泪如滂沱,再也说不下去。

在场人无不潸然泪下。洪副县长也觉得喉头哽塞,眼眶湿润,好像是自言自语,又像是对大家说:"赵小明是个好学生,一个诚实的孩子,是世俗的偏见害了他,今后我们再不能让这样的悲剧发生了!"

(雯　敏)

儿不嫌母丑

初中生丁丁是个既聪明又极好面子的孩子,他爸妈是铁马胡同巷口摆烧饼摊头的个体户,可丁丁却在同学面前撒谎说,他爸妈是研究所的工程师。

说到丁丁的妈,卖烧饼的吴大娘,在这一带可是人人赞扬,她做的烧饼,个大量足,外香内松,只要你打她摊前走过,那诱人的烧饼香准逼得你掏钱买几只尝尝。但是在丁丁看来,妈妈卖烧饼,是让人瞧不起的下贱活,挣的钱再多也是脏的,因此,尽管妈妈每天鸡叫头遍就起床,累弯了腰,累白了头发,丁丁却从不动手帮一把;尽管妈妈用汗水挣来的钱给他买牛仔衣、太子裤,丁丁却从不说一句感激的话。丁丁向妈妈提出"三不准":一不准她去开家长会;二不准她谈论儿子姓名;三不准她平时走进学校的门。丁丁妈是个"糯米团子",儿子要方就方,儿子要圆就圆,对丁丁的"三不准",她一直模范地执行,于是丁丁在学校里就一直做着"工程师的儿子"。

一天下午,老天突然变了脸,先是狂风大作,接着气温骤降,半小时内气温降了十二度。同学们都冻得弓背缩颈,盼着自己的父母能送件衣服来,丁丁此刻虽然也冻得鼻涕滴下碎成八瓣,但还在担心妈妈此刻来学校,让他在同学面前丢人现眼。

哪知丁丁担心妈妈来,他妈妈偏偏来了。当丁丁发现妈妈出现在教室门口时,他倒抽了一口冷气,本能地扭过脸去。

幸亏这时在上自修课,同学们大都低着头在做作业,教室里鸦雀无声。丁丁妈一见教室里这种气氛,赶紧把到了嗓门的话咽进肚里,把跨进门的脚缩了回去。

下课铃响了,同学们纷纷整理书包准备回家。丁丁想找个机会溜出门去,可是没等他挪步,丁丁妈把头探进了教室的门,轻声地叫着:"丁丁,丁丁! 我给你送绒线衣来了!"说着,便走进了教室。

同学们的目光都集中在丁丁妈那张蜡黄的、布满皱纹的脸上,并且立刻认出她是卖烧饼的吴大娘。

丁丁的心在抽搐,火一下子烧得他头发胀,脸通红,他虎着脸责问道:"你来干什么?""你不冷吗? 气温一下子下降了十二度,我怕你冻着,就忙着给你送绒线衣来。"她边说,边递过了两件绒线衣。

丁丁一把抓过绒线衣往桌子上一扔,恶声恶气地说:"我不冷,谁要你送绒线衣来? 谁冷谁穿好了,我不要! 你把绒线衣带回去!"

丁丁的吼声把同学们弄得愣住了,大家不明白丁丁为啥发这么大的火,不明白卖烧饼的吴大娘是丁丁的什么人,为啥她雪中送炭却遭到责备。

丁丁妈也愣住了,吃惊地望着儿子的脸,面孔一阵红、一阵白的,眼里闪着泪花,愣怔了一会,才想起儿子那"三不准"的规定,知道了儿子发脾气的缘由。她像犯了错的孩子,轻声说:"那好,我这就走。"说完抱起绒线衣,向门外走去。走到教室门边,她又停下脚步,回过身来,想说什么,可嘴只张了张,就头一低,加快步子走出了教学楼。

丁丁妈一走,同学们纷纷问道:"丁丁,那是谁?""丁丁,是你妈吗?"

丁丁用舌头舔舔嘴唇,装出一副傲慢的样子:"我妈?哼,我妈是工程师,会这个模样?"

这时,有个叫"阿林"的同学恍然大悟地说:"我知道了,她是卖烧饼的吴大娘,我看八成是你家亲戚,或者,或者是邻居。"

此时丁丁正为怎么给同学解释在发愁,听到"邻居"两字,心里一亮,就借题发挥道:"还是阿林聪明。那卖烧饼的吴大妈是我家隔壁邻居,她烧饼做得好,待人也好,从小她就很喜欢我。所以……我刚才是过分了点,我是怕同学们误解她是我妈,所以才发了火。你们看看我,我怎么会有一个卖烧饼的妈呢?哈哈……"他说着耸耸肩,一背书包走了。

丁丁一出校门,一阵狂风迎面扑来,冷得他一缩脖子,迈开步子,顶着风一口气奔到家,一进门就接连打了几个喷嚏。

丁丁妈见了儿子,心疼地忙递过绒线衣埋怨道:"你呀,公鸡拉屎脖子硬,这不感冒了?还硬说不冷不冷呢!"

哪知妈妈一提送衣的事,丁丁立即火冒三丈,连珠炮似的责问:"谁要你送衣服来?你征得我的同意吗?我早就说过了,不准你们到学校去,你们难道忘了?同学们看到你们会怎么想?你们让我以后在学校怎么做人?你们替我想过吗?现在社会上最看不起的就是你们卖烧饼这种人……"

丁丁话音未落,"啪"一声,腮帮上重重挨了一巴掌。丁丁捂着腮帮侧过脸来,只见父亲怒目圆睁,双眉倒竖。他怕了,他知道这个平时不爱说话的父亲一旦发怒不得了,他捂着脸颊,往后连退了几步。

父亲吼道:"你说得好,我们是卖烧饼的,我们可以被别人看不起,你这样说我,我可以不在乎,但是你能这样说你妈吗?一个身患重病的母亲!她每天三点钟就起床生炉子,称面粉,把车子推到胡同口,夏天蚊子围着她转,冬天北风对着她吹,三年来她一下子变老了,比她年纪老了二十岁!她这样含辛茹苦为的啥?你说呀!医生叫她住院,她不肯,这些你知道吗?"

父亲的话像一盆冷水,把丁丁浇醒了,他开始脸红,开始心颤了。

父亲的话在继续:"你老是看不起卖烧饼的,老是埋怨我们抹了你的黑。小子,我问你,离开了卖烧饼的,你吃啥?穿啥?我早就想揍你了,但被你妈拉着不让。今天我一定要好好教训教训你,让你给你妈下跪,让你给卖烧饼的下——跪——"父亲说着说着,老泪纵横,竟"呜呜"哭出声来。

丁丁依在门框上,脑袋耷拉着,身子却一动不动。

父亲朝他奔了过来:"你还是人不是人?你他妈的还不给我跪下,我今天打断你的腿……"说着他抓起一旁的锅铲,举到半空。

丁丁是妈的心头肉,看到丈夫要打儿子,丁丁妈冲过来一把拦住他:"孩子他爹,儿子不懂事都怪我,你发这么大火干啥呢?快,快把锅铲放下,要出事情的!"

父亲脖子一粗吼道:"儿子都是被你惯坏的,你给我让开,今天我非揍扁他不可!"

丁丁妈知道丈夫的脾性,要么一声不吭,要是一旦动了怒气,那就不撞南墙不回头。她一面拉丈夫,一面转过身来对丁丁喊道:"丁丁,快跑呀,快,快!"

丁丁推开门奔出去。父亲恼怒地甩开妻子的手想追上去，谁知用力过猛，丁丁妈被甩了个趔趄，双腿一软，"扑通"一声跌倒在地，额角撞在一旁的桌角上，鲜血直流。

父亲回身一看，知道闯了大祸，忙赶了回来，撩起衣服捂住妻子的前额，大声呼喊着她的名字。丁丁发现父亲没有追上来，又听见屋内的喊声，知道发生了意外，也急忙奔了回来。

父子两人手忙脚乱，一会儿借红药水，一会儿找纱布，一会儿想拦车，一会儿又急着往医院里打电话……二十分钟后，一辆救护车把丁丁妈送进了医院。

医务人员抬着担架，上面躺着脸色惨白、双目紧闭的丁丁妈，父亲和丁丁走在担架两边护送。紧张的气氛引来了医院内不少人的目光："这不是卖烧饼的吴大娘吗？她怎么了？"

其中有一位是丁丁的同学李冬，他是陪弟弟来医院看病的。现在他看见丁丁护送着担架，关切地问："丁丁，丁丁！你家谁病了？"丁丁愣了一下，没有吭声，只是低着头，加快了脚步。

丁丁父亲见了，就像火星点燃了干柴一样，刚才熄灭了的火重新旺了起来。儿子不是最忌讳同学知道他是卖烧饼的儿子吗？我偏要给他曝曝光，捅破这层窗户纸！父亲干脆一步停了下来，指着丁丁对李冬说："他是我的儿子，也是卖烧饼的吴大娘的儿子！我们生他养他已经十六年了，可他却口口声声说我们抹了他的黑！今天他妈就是被他气昏的，我们是生了一个逆子呀！你是他的同学吧？请你到班上给大家说说，他根本不是什么工程师的儿子，他有的只是铁马胡同卖烧饼的爹和妈！"说完他急匆匆找到了急诊室，来到了妻子的身边。

医生给丁丁妈检查了一遍，又翻看了她的病历卡，告诉说丁丁妈的昏厥并不可怕，可怕的是几天前她来医院就诊，经检查被确诊为肝癌晚期。

什么？父亲和丁丁都呆住了。肝癌晚期意味着什么，谁都清楚,可是丁丁妈丝毫没露一点风声,那天回家她还说诊断是胃溃疡呢,一脸的微笑。一个人知道自己即将走向死亡,内心一定是极其痛苦的,她却要强颜欢笑,这多么难呀!她一定也哭过,她舍不得离开丈夫和儿子,但她连哭也不能当着家人的面,要躲到没有人的地方去一个人哭,一个人承担这份痛苦。父子俩又回忆起看病后的第二天,丁丁妈起得特别早,原来她想利用仅剩下的几天时间,尽量为家庭多挑一份担子,多分担一点分量!父亲和丁丁泣不成声。

到医院不久,丁丁妈便醒了过来,看见丈夫和儿子不再争吵,她脸上绽开了笑容。她对丁丁说道:"妈没事儿,明天就能回家。读书不能脱课,明天你上学去。"丁丁含着泪点了点头。

第二天早上,丁丁从医院来到学校,一走进教室门,就发现不少同学在交头接耳议论着什么,他也没有心思去打听,走到自己的课桌前坐了下来。

一个绰号叫"刺猬"的同学瞥了丁丁一眼,嘴角浮起了一丝笑意,耸耸肩,朝同学扮了个鬼脸,然后走到丁丁面前:"哥儿们,我向你打听个人,怎么样?"刺猬见丁丁一声不吭,继续说道:"听说铁马胡同口那个卖烧饼的吴大娘念过大学,还有过工程师的职称,你听说过吗?"

丁丁知道刺猬是冲着自己来的,他强压下心里的火说道:"她与你什么相干?我叫你马上住嘴,否则我就对你不客气!"说着跨前一步,朝对方扬了扬拳头。

刺猬双手抱在胸前,右手摸了一下自己的下巴,不但对丁丁的话毫不在乎,反而变本加厉:"怎么?和你探讨探讨问题你就发火了?那也太缺乏钻研精神了!"说到这里,刺猬故意朝同学们扫了一眼,同学们哄堂大笑。

"我们只想了解一下,那个吴大娘,从工程师到下岗卖烧饼,是因为什么原因?是因为技术水平太差,还是因为什么男男女女的生活问题?"

教室里又一次爆发出一片哄笑声。

丁丁的脸一下子变了颜色,他冲上去一个重拳打在刺猬的脸上。刺猬被打得身子飞了起来,撞在了墙壁上,只觉得鼻子里热烘烘的,用手一擦,天呀,一手的鼻血!

教室里发生了打架事件,立即有同学报告了老师,于是丁丁和刺猬被叫到了教师办公室。

班主任指出丁丁打人的错误,要他写检查,还要负责赔偿刺猬的医药费。

丁丁对班主任的裁决不服气,竟脖子一粗,脸一红,头也不回离开了教师办公室。而且一去就是一星期,再也没有在学校露过面。

正当班主任想去家访时,传达室的张伯伯送来了一封信。

信是丁丁写来的。在信中丁丁承认了自己的错误,表示愿意接受老师的批评。信的大部分内容则是他对自己过去的忏悔,对母亲的内疚之情。字字情,句句泪,老师看完这封信,也不禁眼睛发潮、眼圈发红。

下午是班会课,老师决定念一念丁丁这封信,对全班同学也是一次教育。

教室里鸦雀无声。老师念到信的最后两段:

　　几天来我一直守在妈妈的病床边,望着她那憔悴的脸,心里好似油煎。据说生肝癌有两种原因,一是过度劳累,二是精神痛苦。三年来妈妈起早摸黑,含辛茹苦,为的是什么?是为她自己吗?不,是为了我。正像父亲说的,三年她老了二十岁!我不但没有给过妈妈一点安慰,相反常常往父母脸上抹黑。是我每天折腾,每天把妈妈往死亡的路上推!我觉得命运之神不公平,应该了结生命的是我,而不是妈妈，如果可以替代的话，我愿意去死，去死一千遍！

我今天认识了，但是认识已经太晚太晚了。我要喊一声发自内心的话：妈妈，儿子在你面前跪下了，永远跪下去……

班主任的声音是深沉的，念得不少女同学都陪着流泪，念得所有的男同学都低下了头。正在这时，教室的门"吱呀"一声被推开了，大家的目光不约而同集中到了一点上。

站在门外的是丁丁，只见他两眼红肿如桃，胳膊上箍着一块黑纱。同学们都吃了一惊，大家都明白了，但谁也没有说话，只是用同情的目光望着他。

班主任走上前去，摸了摸丁丁的头发："丁丁，别难过，只要你端正了看法，妈妈在九泉之下，也是会谅解你的。"

听了班主任的话，丁丁放声大哭，哭声中含着深深的自责，含着痛改前非的决心……

"跌倒怕什么？爬起来再前进。"班主任轻轻哼起了那首叫做《错误使我们变聪明》的歌。

起初是她一个人唱，渐渐变成了同学们大家唱："挫折使我们更清醒，错误使我们变聪明……"歌声越来越响，丁丁听出来了，其中也有刺猬的声音！

（陶文进）

无风不起浪

　　赵副县长家里近来真是出鬼了,在短短几天里,发生了三次失窃事件。第一次,放在桌子上的两块五毛钱不翼而飞;第二次,买菜剩下的三块六毛钱,明明放在电冰箱上的,却怎么也找不到了;第三次,领来的工资一分没花,全部放进写字台抽屉里,可第二天一数,竟少了十块。这接二连三的失窃,虽说数目不大,可也不能不引起赵副县长的警觉。

　　这天晚上,赵副县长和他夫人对案情做了认真的分析,他们觉得,外面的贼不可能进来,而且从各种迹象来看,肯定是内贼。这内贼又是谁呢?

　　赵副县长家总共三口人,俩夫妻加一个儿子。唯一可怀疑的,看来就是儿子了。

儿子名叫赵振华,上小学四年级,他在同学中威信很高,既是三好学生,又是班干部。他平时从不乱花钱,父母给他的零用钱也尽可能节省下来,放进一只小小的节约箱里,说是积少成多,攒起来买电子琴。难道这样的孩子会偷钱吗?

可是,赵副县长转念一想,觉得儿子终究是孩子,会不会急于买电子琴而采取化公为私的不正当手段,把家里的钱拿去放进自己的节约箱呢?为了弄清问题,他和夫人趁儿子熟睡之机,打开了儿子的储蓄箱。一看,不觉倒抽了一口冷气,箱子里除了一些铁片之外,啥也没有。这下他们着了急,连忙将儿子的衣服、裤子和书包进行了彻底大搜查,结果钱没搜到,却意外地发现了一张纸头,上面六个大字:BB小组名单。下面是一大串名字,赵振华名列榜首,每个名字后面都划着一串"正"字。

赵副县长一见这名单,顿时傻了眼,心想:这BB小组是个什么组织?这个组织和家里的失窃事件有没有联系呢?拿家里几个钱还只是个经济问题,小小年纪去搞什么不三不四的组织,还弄两个洋文做代号,那可是个政治问题,绝不能等闲视之。

他夫人也急了,主张立即把儿子从床上拖起来,突击审问,把事情弄个水落石出。

赵副县长不同意,他说:"深更半夜,闹得鸡飞狗跳的,影响不好。"他主张先别打草惊蛇,来个暗中监视,必要时跟踪追击。

第二天是星期日,赵副县长和他夫人停止一切周日活动,密切地注视儿子的行动。可是儿子却很平静,早饭一吃完就躲进房间里认真地做作业,下午先是午睡,睡得又香又甜,起来后洗了个澡,然后看电视,一切都显得有板有眼,直到吃过晚饭以后,才和他妈妈打了个招呼,跑出去了。

儿子一走,赵副县长急忙换了件上衣,戴上副变色眼镜,跨上自行车追了出去。谁知他儿子比泥鳅溜得还快,一眨眼就不见了,赵副县长从家里一直追到街上,又找了几个游乐场所,根本不见儿子的人影。

"唉,看来这侦察员也不是好当的,他会钻到哪里去呢?"赵副县长在街上一边找一边想。突然,他听到前边传来孩子的叫喊声:"棒冰,棒冰!蜜甜的棒冰,要吃棒冰快来买呀!棒冰,棒冰……"这一声声铜铃似的叫卖声,不就是他儿子的声音吗?不觉心里打了个"咯噔":"他怎么卖起棒冰来啦?"于是急忙顺着声音找去。

他来到巷口一看,果然有个卖棒冰的摊子,可是并不见儿子的人影,只见棒冰箱上面放着一只小小的录音机,那叫卖声正是从录音机里传出来的。赵副县长心想:把录音机用来卖棒冰,这倒也是一大发明。可怎么会是自己儿子的声音呢?他再仔细一看,发现坐在棒冰箱旁边的是个头发雪白的老头,脸上戴着个大口罩,手里摇着麦秆扇,说不清他是怕冷还是嫌热。

赵副县长一见这情景,来了兴趣,上去问道:"老大爷,你卖棒冰一天能赚多少钱?"

说来也怪,那老头像是听不懂他的话似的,只是瞪着眼睛朝他望望,啥也不说。

赵副县长又问:"老大爷,你生意好吗?"

老头这才开始动作,他两手比比划划,嘴里"咿咿哇哇"地叫着。嘿,原来是个哑巴!

就在这时候,只见街上来了一群孩子,赵副县长抬头一望,走在前面的正是自己儿子,他急忙闪到一棵大树旁边,注视着孩子们的行动。谁知这些孩子径直来到棒冰摊上,一个个摸出个小小的食品袋,你买五根,我买八根,他买十根,他儿子一下买了十二根。大家买好棒冰,"呼啦啦"跑了,边跑边叫:"棒冰,棒冰!蜜甜的棒冰……"

赵副县长见他们跑了,急起直追,一追追到江滨公园,只见孩子们围在一起,狼吞虎咽地在吃棒冰,吃了一根又一根,直到把所有的棒冰都吃光,他儿子摸出那张"BB 小组名单",根据每个人吃棒冰的根数,在各人的名字后边划上"正"字,最后像打了个胜仗似的一哄而散。

现在赵副县长明白了,看来这吃棒冰是 BB 小组的主要活动内容。可是仔细一想,又觉得奇怪:为什么这些孩子要集体比赛吃棒冰?这和那个卖棒冰的哑巴有没有关系呢?他想进一步研究研究那个哑老头,但回到巷口一看,卖棒冰的哑老头已经不见了。

赵副县长回到家里,把情况跟夫人一说,夫人急了:"哎呀,那会吃坏肚子的呀! 你就看着他们吃?"

"我不看他们吃又能怎么样? 我要是早知道那个 BB 小组是吃棒冰的话,我也打申请加入他们的组织。"

"哼,你呀! 堂堂一个副县长,分管文化、教育、卫生、体育和计划生育,可是连自己的儿子都管不好,真没出息!"

"你别急,心急喝不了热粥……"

赵副县长话没说完,"嘭"一下门被推开,儿子跑进门来,往爸爸妈妈面前各放两根棒冰,说道:"喏,一人两根,我请客,快吃,一定要完成任务!"

县长夫人火了:"棒冰,棒冰! 你吃那么多棒冰,不想活了是吗?"说着抓起桌上的棒冰,扔出了窗外。

儿子顿时愣住了,脸上青一阵、红一阵,不知怎么办才是。

赵副县长连忙拉过儿子,说:"你也不小了,应该懂事了,棒冰吃多了要生病的。告诉我,你们那个 BB 小组是干啥的?"

"什么 BB 小组呀?"

"喏,这个。"赵副县长把字写在纸上。儿子一看,笑了:"哈,爸爸念错了,那不念'皮',念'卜','卜——昂——棒','卜——英——冰',BB 小组就是棒冰小组,是比赛吃棒冰的。"

赵副县长忙问:"为啥要比赛吃棒冰呢?"

儿子很调皮:"不告诉你,保密。啊唷,肚子痛!"儿子说着跑进了卫生间。

县长夫人一见这情景,急得冒火:"是不是?出问题了吧!还比赛吃棒冰呢,比赛拉肚子吧,拉死活该!"

可是发火有啥用呢?儿子的病情越来越重,只得连夜送进医院。谁知到医院一看,乖乖!急诊室里都挤满了,有钱书记、孙县长、卫生局李局长、财税局周局长、工商行政管理局吴局长、教育局郑局长、公安局王局长,真是"赵钱孙李周吴郑王"全来了,而且都是送儿子急诊,一个个都是肠胃炎,一大溜躺了八个,十六只盐水瓶吊起,床前八个局级以上干部陪着。

赵副县长知道问题的严重性,就将自己侦察到的所谓"BB(棒冰)小组"和那个卖棒冰老头的情况向大家一一说来。局长们一听都很恼火,有的说工商行政部门管理不严,有的指责卫生部门把关有漏洞,有的批评教育部门不该让学生比赛吃棒冰。钱书记说:"不要互相指责了,当务之急是要找到那个卖棒冰的哑老头,再弄清棒冰的来源。"

就在这时候,外面传来一阵阵小孩子叫卖棒冰的喊声,赵副县长说:"好,他来了。"他当即叫一个护士去把那个卖棒冰老头领来。

卖棒冰老头见有人喊他,以为生意来了,连忙跟着护士走进医院,来到急诊室,抬头一看,只见前面站着书记、县长和局长,先是一愣,接着转身就走。

赵副县长一把拉住他,说:"你怎么走啦?我们要卖棒冰呢,你先坐下。"

老头站着一动不动,额上的汗珠子"吱吱"往外冒。

吴局长拍拍他的肩膀,说:"你看看,这里八个孩子,吃了你的棒冰,一个个得了急性肠胃炎,你看怎么办?"

老头放下肩上的棒冰箱,想上去看看孩子们,但摇摇晃晃只迈出了几步，就眼前一黑，"叭"地摔倒在地上了。

众人见他晕倒，立即喊来医生，当医生摘下他的口罩一看，大家都"啊"地一声愣住了。

原来他根本不是哑巴，而是吃了几十年"粉笔饭"的张老师，躺在病床上的那八个孩子全是他的学生，那八位局以上干部有五个在他手里念过书。如今，他的学生有的是政治家，有的是理论家，有的是企业家，还有作家、画家、歌唱家，可他自己依然坚持在原来的岗位上，艰苦地劳动，清苦地生活，而且不得不利用有限的业余时间，背起个大木箱，干起他不愿干也不该干的卖棒冰行当，这真叫人没法理解呀！

张老师苏醒过来以后，发现自己躺在医院办公室的沙发里，坐起来一摸，脸上口罩也被摘掉了，面对这八位党政干部，他觉得无地自容，脸"唰"地一下红了。

赵副县长连忙给他泡了杯茶，并且问道："张老师，你怎么卖起棒冰来了，是不是碰到什么困难啦？"

张老师苦笑了一下，摇摇头说："一言难尽啊！"

原来他爱人也在离县城五公里的一所乡中心学校当教师。这所学校为了改善办学条件，东拼西凑地筹集了点资金，办了个棒冰厂，可谁知道，生产出来的棒冰卖不掉。这怎么办呢？他们想了个办法，以棒冰抵工资给老师，让大家去卖棒冰。老师们没办法，只得在学生身上打主意，动员学生每天必须吃 3—5 根棒冰。但是张老师的爱人却不干，不干没工资，这生活怎么过呀？因此，张老师挑起了卖棒冰的担子。哪里知道，这卖棒冰并不比教书容易，首先是要脸红，这还好办，弄个大口罩把脸遮起来，热是热了点，可熟人总认不出来了，脸红也看不见了。但是还得叫卖啊！"棒冰要哦？棒冰！"这简单的六个字，从人家的嘴里出来，是那样的洪亮清脆而富有音乐味，可张老师却怎么也叫不出口，一到喉咙口就卡住。他不喊，人家也不买，眼睁睁看着成箱的棒冰化成水,一滴滴地滴到地上,这流走的是老教师的汗水和泪水啊!他只能抱着头哭。

张老师为卖不掉棒冰而伤心的事被他的学生赵振华知道了,这孩子出于对老师的爱护,给他送来了录音机,还组织了一伙同学,帮他销棒冰。不知是棒冰质量问题,还是孩子们吃得太多的缘故,想不到今天出了这么大的事故。

张老师叹了口气,说:"我实在对不起孩子们,早知这样,我宁愿饿肚子,也不该卖棒冰呀!"他说完,"呜呜呜"地哭了。

赵副县长忙安慰他说:"张老师,你别难过,这事情不能怪你,我分管这条线,是我没有做好工作,责任在我。我一定以这次棒冰事件为教训,努力做好工作,要是再不改变,我就辞职,跟你一道卖棒冰!"

张老师连忙站起来,握住赵副县长的手,激动地说:"谢谢,谢谢,我得回去了,明天还要上课呢。"说完背起棒冰箱要走。

钱书记说:"你把箱子留下,明天召开县委常委扩大会,先让大家品尝一下这棒冰的味道!"

(吴文昶)

一字重千斤

　　县城二十里外的西圩村里,有一对少年兄妹,哥哥 15 岁,叫龙龙;妹妹 13 岁,叫燕燕。他们的爸爸李心耕是五十年代县中的高材生,后来当过代课教师,再后来回乡当了农民。几十年来,除了种地,他全部的寄托就是读书看报,写一些针砭时弊、以形喻理的杂文。他把日积月累的杂文精心筛选出 100 多篇,装订成厚厚的一本,取名《春风集》。一个偶然的机会,有位知名人士读完《春风集》后赞叹不已,欣然作序,鼓励李心耕投寄出版社出版。农民出书,谈何容易,李心耕经过两年多的苦苦奔波,又东凑西借交足了几千元出版费用,《春风集》才终于在省城一家出版社出版。

　　可是按出版社的规定,《春风集》还得由作者本人包销 1000

册。只要能出版，包销就包销，李心耕将1000册《春风集》拉回家里，准备趁农闲到县城里去叫卖。想不到就在这时候，一场灭顶之灾无情地降临了：这两年为了出版《春风集》，他一直舍不得花钱进医院，肝病一拖再拖，这天他突然在田里昏倒，被送进医院检查，发现患肝癌已经到了晚期，医生诊断他最多还能活二十天，再无回天之术，只能打发回家"休息休息"。

龙龙和燕燕很早就失去了妈妈，如今，可怜他们只能守着爸爸端茶递汤，日夜相伴，眼巴巴地尽着最后一份幼稚的孝心。

由于病痛，李心耕常常昏迷过去，弥留之际，他总是睁着无神的双眼，呆呆地望着床边那一大堆《春风集》。有一天，爸爸拉着龙龙和燕燕的手，怔怔地看了好久，说："你们俩都去卖书吧！"兄妹俩舍不得让病重的爸爸一人在家，都摇摇头。爸爸说："这半辈子，我不求别的了，就盼这《春风集》能卖出去。可眼下，只有靠你们了……去呀！"

龙龙和燕燕还是低着头，说："爸爸，您病成这样，我们……"爸爸急了："你们小孩子懂什么。这本书，是爸爸一辈子的心血呀，我活着不能见到书卖出去，你爸这辈子还有啥意思……"爸爸的语气变得很凄楚，又道："书卖出去了才会有钱，有了钱才能还债。还有，你们学校马上要开学，还得交学费。快卖书去，听话……"说着，他枯瘦的身躯痛苦地扭曲起来，额上渗出了豆大的汗珠。

龙龙和燕燕含着泪点点头。

繁闹的县城里，正逢物资交流商品展销，大街上车水马龙，人如潮涌。兄妹俩捧着书在街道边上左右顾盼，逢人就喊："卖书！卖书！"他们喊了整整一天，稚嫩的嗓子都喊哑了，可是除了偶尔有人接过书粗粗翻几页，竟没有一个人买。兄妹俩饥肠辘辘。龙龙看看天渐渐暗了下来，又看看自己身边疲惫的妹妹，只得收拾好书回家。

回到家,爸爸一见他们,忙从病床上欠起身子,两眼放光,问道:"书卖完啦?"龙龙和妹妹全低下了头,一声都不敢吭。李心耕失望地躺下道:"没关系,今天卖不成,明天再去。快吃饭吧!"两个孩子此时都饿极了,抓过桌上的冷馒头大口大口吃起来,直噎得透不过气来,李心耕在一旁看着,长长叹了一口气。

第二天,龙龙和燕燕决定沿街分头叫卖,龙龙走东路,燕燕走北路。

燕燕捧着书沿街喊啊,问啊,腿累肿了,眼盼酸了,但是谁也没有去注意人流中这么一个小不点的女孩子。不觉天已过午,燕燕实在叫喊不动了,便从衣袋中取出一块小花手帕,把手帕垫在书底下,放在地上,自己一屁股坐在了泥地上。

这时一辆摩托车停在了她面前:"哟,这不是燕燕吗?"燕燕抬头一看,认出是爸爸从前的学生,叫阿发。燕燕眼睛一亮,忙站起身,上前叫了一声:"阿发叔叔,您买本书吧?""买书?什么书哇?我看看。"燕燕满怀希望地递过一本《春风集》。阿发拿在手里翻了几翻,接着就摇摇头,说:"哎呀,燕燕,如今的行情,这些玩意儿不吃香,怎么不弄点武侠凶杀侦破的卖卖?"燕燕低下了头:"叔叔,我不是卖书的。这书,是我爸爸写的。""你爸爸写的?唉!"阿发把书还给燕燕,有些惋惜地咂了咂嘴,"我早就劝他,别再写那赔本的傻文章,到我鱼摊上做个帮手,包他每月300元的工资嘛!"燕燕难过地摇摇头,几滴眼泪早已掉落下来:"叔叔,我爸爸他,已经……"

燕燕抽抽泣泣说出了爸爸的遭遇和他最后的一线希望。阿发听了一怔,足足有好几分钟,才叹口气道:"你爸爸真可怜。"他拿过那本《春风集》又翻了几翻,"这书,卖多少钱一本?"燕燕马上接口道:"两块五。"阿发看了看地上摆着的书问:"这儿总共有多少本?""四十本。"燕燕眼里含着希望的光芒,一颗心"咚咚"直跳,她求道:"阿发叔叔,您买一本吧,买一本吧。"阿发说:"你这四十本,我全买下啦。""真的?"燕燕有些不敢相信自己的耳朵。阿发从胸兜里掏出一刀票子,数了十张递给燕燕。"哎!哎!"燕燕感激得全身都在微微发抖,她几乎是跪在地上,手忙脚乱哆哆嗦嗦地反复点了两三遍,才将四十本《春风集》捆扎了起来。阿发拎过书,随手扔进摩托车挂兜里,"突突突"一溜烟开走了。

燕燕这时心里闪过的第一个念头,是想赶快把这个好消息告诉哥哥。恰巧,龙龙挎着鼓鼓的书包过来了。他见妹妹挥着瘪瘪的书包满脸高兴,连忙问:"燕燕,你的书卖掉了?"燕燕的脸红得像两只苹果,嘶哑着嗓子高兴地说:"我的四十本全卖啦!而且是一个人买的,瞧,这是卖书的钱!"龙龙惊喜得两眼放光,双手一下子抓住燕燕的两臂,使劲地摇了又摇:"哎呀,太好了!爸爸写的书,总算有人买了! 爸爸要是听到这个消息,该是多么高兴!"他见燕燕光是笑,推了她一下:"别光顾开心,快回家告诉爸爸去!"

兄妹俩小手拉小手,匆匆地走不多远,前面路过农贸市场,走到一块挂着"水产类"牌子的地段,燕燕忽然将手一指,说:"哥,你看,就是他买了我的书!"龙龙顺着燕燕手指的方向看去,不由愣住了:只见前面一个水产摊位上,那个阿发正高举着一本《春风集》,指着面前的两篓子螃蟹,喊道:"咱不涨价不加秤,每斤三十元,另搭卖一本书两块五角,关心国家大事,增加艺术细胞,一举两得! 哎,人多货少,愿买趁早!"果然,那一只只碗口大的螃蟹一下子吊起许多人的胃口。阿发摊位前围上了一大群人,其中一个浑身珠光宝气的女人抢上前,拣好螃蟹,见自己的小坤包沾了点泥水,她顺手将搭买来的《春风集》看也没看,就要去撕。

龙龙脸上的笑容消失了,他连忙挤上前,从那女人手里一把夺过书,对阿发说:"叔叔,谢谢你的好意。这书,还是由我们自已卖吧。"说着把四十本《春风集》一股脑儿抱进怀里,像怕被别人抢走似的,紧搂着走了出来。他把书交给燕燕,又从燕燕贴身口袋里取出那十张票子,又钻进人群交还给阿发。阿发一愣,无可奈何地摇摇头,很快就被争买螃蟹的人群围在了中间。

这下燕燕可受不了,她"哇"地一声哭了。龙龙并不搭理她,只是使劲咬着嘴唇,从她怀里把爸爸的书捧了回来,又拽过她的挎包要把书全装进去。燕燕边哭边揪住挎包不放,相扯中,燕燕的指甲将哥哥的手背抓出一道血印子,龙龙不禁抽了一口冷气,"哗啦"一下手里的书全散落地上。燕燕呆住不哭了,赶忙心疼地抓过哥哥的手背来吹。此刻,龙龙却哭了,道:"燕燕,你抓吧。哥哥多么希望书全部被人买去,那样,你即使抓破哥哥的手,哥哥也心甘情愿。可是你想想,爸爸盼望我们卖书,是盼望他写的这本书有好多好多人读,刚才像阿发那样,爸爸的书不就等于白写了吗?"燕燕听着,睁大两眼想了一会,终于明白了,她使劲点了点头,帮着哥哥将书装回挎包。

回到家,龙龙和燕燕坐在爸爸身边。爸爸已经起不来身了,他勉强睁开眼睛问:"龙龙,燕燕,书,有人买了吗?"书……"龙龙和燕燕对望了一下,互相使了个眼色。燕燕抢着说:"爸爸,卖了。今天,今天我和哥哥带了100本进城,全卖完啦。"龙龙接着说:"爸爸,你的书可受欢迎啦,有好多人都是抢着买,而且是两本三本地买呢! 说难得碰到这样的好书。"是么?"爸爸黯淡无神的眼睛里一下子放出了光彩,"呵,这么说,我的书到底没白写啊!"他挣扎了几下,说:"龙龙,燕燕,快扶我起来,我想吃点东西。"龙龙和燕燕见爸爸精神突然好了,不由一阵高兴,赶紧煮了米粥,盛来一碗。龙龙端着碗,把粥一口气一口气地吹凉,燕燕一勺一勺地喂给爸爸吃。爸爸大口大口地吃着,脸上露出了好久没有的笑容。

见爸爸这样高兴,龙龙和燕燕的心里像刀割一样难受:爸爸平常最不喜欢说谎的孩子呀。龙龙拼命把头扭向一边，想遮掩住眼里的泪水，燕燕却再也控制不住，抽抽噎噎地哭了起来。

爸爸愣住了："龙龙，燕燕，你们卖了那么多书，爸爸高兴，你们也应该高兴啊。怎么啦？"两个孩子怔怔地望着爸爸，"哇"一声都哭了起来："爸爸，刚才我们骗了您。我们怕您……心里难受……"爸爸眼里的光芒一下子熄灭了，他失望地看了看那堆书，身子一阵痉挛，就歪倒着昏迷了过去。

龙龙和燕燕吓慌了，拼命地叫着、喊着："爸爸，你醒醒，明天我们还去卖书，您的书一定会有人买的，您醒醒啊……"

这天，龙龙和燕燕在城里叫卖了好几个来回，太阳西斜的时候，只卖出几本，兄妹俩背着那还是沉甸甸的书包，你看看我，我看看你，筋疲力尽地坐在道路旁犯愁。

眼看一天就这么过去了，想着爸爸的盼望，兄妹俩焦灼万分。燕燕说，"哥哥，咱不会学学人家，也来个广告么？只有想办法让很多人知道我们爸爸写的书好，人家才会买呀。"龙龙点点头："嗯！可广告怎么个做法呢？"两人苦思冥想了好一会，龙龙忽然来了精神："哎，你瞧人家摆地摊卖药的，吆喝一阵，耍几下武功气功什么的，就能吸引很多人围着看。"燕燕点点头说："哎，是呀！"龙龙更来劲儿："上回在电影里，你不是见过人家用气功显字么？我们也学学那样子，来个气功显字！"燕燕摇摇头："可我们不会气功呀。"龙龙拍拍胸口："咳，真的不会，来假的不也成么。"他对着燕燕的耳朵低声说了几句。燕燕望着哥哥，先是点点头，又连忙摇摇头："不行，不行！"

原来龙龙说的办法，是捉几只当地人称为洋辣子的毒毛虫，用一支毛笔把虫身上的那些肉眼看不见的毒毛沾染下来，然后用那毛笔在身上写字，皮肤很快就会因毒毛而刺肿显出字迹。不知内情的人看来，这就是气功显字了。燕燕尝过毒毛虫的滋味，有时她割草不小心，腿上被毒毛虫碰了一下，肿起豆大一块，她还抹了眼泪哩。她劝哥哥换个办法，可龙龙说："爸爸病成那样，天天在念叨着卖书，盼望着卖书，咱们可不能再顾这怕那了。"燕燕小声说："哥，要不，你就把那字往我身上写吧。""那怎么成？你还小，又是女的，我是男的。再说，电影、电视里那些武功、气功的招式，我学得还挺像哩！"燕燕闹着不依，龙龙恼得跺跺脚，虎起脸晃晃拳头，狠狠地瞪了她一眼："你再多嘴不听话，我揍你！"

百货商场门外，是街道最闹猛的地方，人们见冒出来个耍气功的地摊儿，而且又是两个未成年的孩子，纷纷驻足，好奇的男男女女很快围成了一个大圈儿。

众目睽睽之下，龙龙已经脱掉了布褂，露出了光光的背，燕燕拿着那支毒毛笔的手在微微发抖，怎么也不忍心将笔落在哥哥那白嫩而瘦弱的背上。龙龙急了，回头狠狠地瞪了燕燕一眼，像是对她，又像是对众人，气昂昂地喊道："快，来呀！写大一点儿！"

从那狠狠的眼神里，燕燕分明看到了哥哥那焦灼的心，看到了爸爸那期盼的目光。她咬紧牙关朝龙龙点了点头，终于颤颤地将那毛笔落到了龙龙的背上。立时，一个大大的"书"字，在龙龙的背上清晰地凸了出来！

"好！"人群中响起一阵喝彩声，有的还"噼噼啪啪"鼓起掌来。忽然，不知是谁好像看出了奥妙，冒了一句："呀，是用毒毛虫刺的吧？"这话一－说，人们"叽叽喳喳"地骚动了起来。

龙龙的脸色顿时变得苍白，额角上渗出了密密的汗珠。此时此刻，燕燕再也忍不住了，她扔下笔，俯身抱起了几本《春风集》，面朝众人双膝跪地，声泪俱下："叔叔、阿姨、大哥哥、大姐姐们，这是我爸爸写的书，买一本吧，买一本吧……"龙龙也不顾背上刺心般的疼痛，双腿跪了下来。

这时，从人群中走出一位陌生的中年汉子，许多人认出来了，他是县委宣传部的吴部长。

吴部长上前心痛地扶起两个孩子，然后，他若有所思地拿过一本《春风集》，对众人说："同志们，这本书，我一字不漏地读过，是一位有追求、有水平的农民，用他自己的全部心血写成的！"吴部长转身对龙龙和燕燕说："回去告诉你们的爸爸，他的情况我们已经了解。县委最近要举办一期大型的思想理论骨干培训班，我们准备把他这本《春风集》作为培训班的辅助教材，每人一册！"

意外的喜讯，使龙龙和燕燕忘却了痛苦，忘却了疲劳，高兴得哭了起来："爸爸的书有人读了，爸爸的书有人买了！"他们边哭边笑，跑啊，跳啊，恨不得变成鸟儿飞回家，立刻把这个喜讯告诉爸爸！

他们顾不上饥饿，欢天喜地奔进屋门，兴奋地喊着："爸爸，爸爸……"然而，爸爸已经永远永远地离开了人间，他那没有合上的双眼里满含泪水，遗留着深长的辛酸和期望……

（叶林生）

女儿当自强

　　华星医院内科主治医生唐勇的妻子，因车祸而身亡，抛下一个不满3岁的儿子亮亮。亮亮思念妈妈，日夜啼哭不止。唐勇悲痛欲绝，抱起亮亮，哽咽着说："亮亮，妈妈到很远很远的地方去了，要很久很久才能回来……爸爸给你找个阿姨，让阿姨照顾你，你说好不好?"说完，就准备去保姆介绍所。

　　唐勇抱着亮亮刚跨出大门，只见门口站着一个瘦瘦的姑娘，看到唐勇，她快步迎上前来，涨红了脸，怯生生地说："叔叔，你想找保姆吗? 你看我行吗?"唐勇好生奇怪，心想：这姑娘是谁? 她怎么知道我急着找保姆? 他打量了姑娘一眼，只见她约莫十五六岁，穿着大红色的羊毛套衫，看上去天真烂漫，脸上一团稚气，便摇摇头说："唉，小姑娘，你自己还是个孩子呢，吃不消的。"

那姑娘也不争辩,咬着嘴唇想了一会,伸出双手把亮亮抱了过去,说:"小弟弟,不要哭了,姐姐带你去玩,去捉迷藏,好不好?"说也奇怪,亮亮的哭声很快止住了。唐勇把姑娘让进屋里,姑娘也不用唐勇指点,找到卫生间为亮亮洗净了手和脸,又对亮亮说:"小弟弟,你一定饿了,姐姐给你讲故事,喂你吃饭好不好?"亮亮果然听话地吃下了一碗饭。

一旁的唐勇看着松了一口气,但又不解地问:"姑娘,你小小年纪,为什么不去读书,而偏要到我家当小保姆呢?你的家在哪里?你的爸爸妈妈同意你出来当小保姆吗?"那姑娘见问,眼圈一红,随即流下了一长串眼泪,她告诉唐勇,她的妈妈早在她3岁的时候就因病离开人间,留下她与爸爸在乡下相依为命,谁知她爸爸最近又患了病,不可能再供她上学。接着,姑娘擦干眼泪,拉着唐勇的胳膊央求道:"叔叔,没有妈妈的日子太苦了,小弟弟和我一样没了妈妈,我要照顾他,我喜欢小弟弟,我一定会好好带他的,叔叔,你就答应我吧,答应我吧。"唐勇的心里猛然一热,点点头,算是应允了。

通过交往,唐勇知道了那姑娘叫茉莉,今年刚满十六岁。令他奇怪的是,茉莉说她不要工资,只要每个月准她一天假就行。唐勇也没再多说,因为他留下茉莉只是暂时的。

自从有了茉莉,亮亮有了伴儿,唐勇也有了时间去参加工作,用工作来冲淡丧妻的悲哀。不过,每当夜幕降临,亮亮便会哭闹不止,任凭茉莉百般劝说,全然无济于事。这使茉莉束手无策,她眼泪汪汪,一遍又一遍地问唐勇:"叔叔,请你告诉我,以前,亮亮的妈妈是怎样哄他入睡的?"

唐勇紧锁双眉细细地回忆了一阵,随即恍然大悟,情不自禁地热泪盈眶。他告诉茉莉,亮亮的妈妈在世时,每当亮亮睡意蒙眬,她总是轻轻地哼着催眠曲,亮亮就在妈妈哼唱的曲子声中安然入梦,对亮亮来说,这一定是人世间最美妙动听的曲子了,如今没有了妈妈的催眠曲，难怪他要哭闹了。茉莉问："叔叔，那是一支什么曲子？你会哼吗？"唐勇长叹一声，摇摇头说，他自己天生没有音乐细胞，虽然以前天天听那首曲子，却连一句也没有学会。

第二天，唐勇下班回家，发现茉莉和亮亮都不在。他等了又等，一直等到天黑尽了，茉莉才背着亮亮回到家里，只见她满脸生辉，一见唐勇就高声嚷道："叔叔，找到了，找到了，我找到那首催眠曲了。"接着，她告诉唐勇，昨天晚上，她躺在床上想了很久，才想出了到托儿所去找阿姨的办法，今天经过反复努力，终于找到了那首曲子。说到这里，茉莉天真地一蹦老高，说："叔叔，这一下好了，你放心，从今天晚上起，小弟弟就不会再哭闹了。"果然，当天晚上，当亮亮睡意蒙眬又开始哭闹时，茉莉把他紧紧地抱在怀里，轻轻地拍抚着，深情地哼起了催眠曲，亮亮很快就安静下来了，搂着茉莉的脖子进入了梦乡。唐勇看着这一切，心里充满了感激，茉莉多么像一位温存的小母亲啊，她的心灵里充满了一片爱心！唐勇由衷地说："茉莉，你对亮亮太好了，我、我感谢你。"茉莉摇摇头说："叔叔，你不用谢我，这是我应该做的。"

一天午夜时分，冷空气骤然南下，唐勇起身披衣，去为亮亮和茉莉加盖衣被。他轻轻地推开房门，拧亮电灯，只见茉莉和亮亮在各自的小床上睡得十分香甜，茉莉那乌油油的辫子上扎着一条长长的布带，布带的另一头却缠在亮亮的胳膊上，唐勇很是诧异，小孩子家，这是搞的什么名堂呢？

正在这时候，亮亮醒了，使劲地抬手蹬腿，立即，茉莉的辫子像是被人狠狠地抓了一把，疼得她赶紧睁开了眼睛，她顾不得摸一摸头发，急忙起身问亮亮："弟弟，要撒尿吗？"一旁的唐勇忙说："亮亮，你怎么把姐姐的辫子抓痛了？"茉莉笑着解释："叔叔，不是的，是我特地把布带缠在小弟弟胳膊上的，我睡觉很沉，什么声音也惊不醒，就想了这样一个办法。"

唐勇的两眼潮湿了,茉莉对亮亮可以说是剖腹掏心了,他说:"茉莉,好姑娘,谢谢你,亮亮虽然没了妈妈,但是有你这样一位比亲姐姐还要亲的人照顾他,真是他的幸运呵! 茉莉,叔叔太谢谢你了。"茉莉还是像上次那样摇头:"叔叔,你不用谢我,这完全是我应该做的,我只求叔叔一件事,你借给我 10 元钱好吗? 我想给我病中的爸爸买点东西。"唐勇赶紧答应,忙不迭地往口袋里掏钱,忽然又想到:茉莉对自己的帮助如此之大,自己也应该帮助她呀! 她的父亲正在病中,茉莉为此而苦恼不已,而自己是个主治医生,正好帮她这个忙呀。

于是他把自己的意思对茉莉说了,可茉莉却急急地说,她爸爸的病已经有一位老中医在帮助治疗了,况且她家离这里有百里之遥,这事就不麻烦叔叔了。唐勇没有再说什么,心里却打定了主意:一定要抽一个星期天,到乡下去为茉莉的爸爸治病。

几天以后,唐勇谎称茉莉需要在城里申报临时户口,问清楚了茉莉乡下老家的地址,在一个晴朗的星期天,他背着药箱出发了。唐勇乘车登舟,足足赶了半天路,才到了茉莉家所在的村子,找到了茉莉的家。

只见大门紧锁,门前窗上结满了蜘蛛网,屋旁长满了杂草,看这样子,像是许久没有人住在这屋里了。唐勇很是诧异:茉莉的爸爸到哪里去了? 他不是有病吗? 莫非病情恶化……唐勇急忙敲开了邻居的门,一位白发如银的老太太应声而出,唐勇探问茉莉爸爸的情况。

那位老太太长叹一声,告诉唐勇,说茉莉的爸爸是个汽车驾驶员,他早年丧妻,抚养着独生女儿茉莉,父女俩相依为命。谁知天有不测风云,茉莉的爸爸不久前出了车祸,使一个带小孩的中年妇女当场身亡,被判了刑进了监狱,抛下茉莉孤零零的一个人。事发之后,茉莉的舅舅、叔叔都来接她到自己家去生活,茉莉一一拒绝了,她说,那个死了妈妈的小弟弟太可怜了,没有了妈妈的日子将会多么痛苦！而这巨大的痛苦是自己的爸爸一手造成的，她是爸爸的女儿，她要进城去，去悉心照顾那个小弟弟，使小弟弟在失去妈妈以后，仍旧有关心他的人。于是，茉莉不顾亲人们的劝阻，毅然进城去了。

唐勇听完了老太太的话，犹如一个惊雷在头顶炸响，啊，原来是这么一回事，顿时，他的心潮翻腾不已，他激动得坐也不安，立也不宁，原来茉莉每月请一天假，每次借10元钱，是瞒着自己去探望她那在狱中服刑的父亲啊！在那漫漫长夜里，小姑娘一定是默默地抹着流不完的泪啊！唐勇辞别了老太太，一路思考着回到了城里。

唐勇回到家里，第一件事就是找来茉莉，告诉她从明天起，不要再做小保姆了。茉莉吃了一惊："怎么啦，叔叔，我做错了什么事？你为什么不要我了？"唐勇说："不是的，好姑娘，你没有做错什么事，我已经去过你的老家，你的一切我都知道了。叔叔不要你为亮亮付出这么大的代价，从明天起，叔叔送你去上学，我已经给亮亮另外找了保姆。"唐勇那父亲般的关怀使她"哇"地一声哭了起来，唐勇抚着她的肩膀，无限深情地说："茉莉，今后，跟叔叔生活在一起吧，叔叔会像对亮亮一样地对待你，爱护你，努力使你们姐弟俩生活得幸福、快乐！"

（倪国萍）

绿 色 的 太 阳

如果冬天来了,春天还会远吗?

大别山深处有个细坳村。村里有一对老实本分的夫妻，男的叫王更生，女的叫沈米花。他们膝下有一儿一女，长女王莉莉，十九岁，今年高中毕业；儿子王振飞，年满十六，念完初三。中考、高考结束后，他们先后回到家里，一边帮助父母干农活，一边等待考试消息。

八月中旬传来喜讯，姐弟俩双双考中了！这一消息如同一颗重磅炸弹，在深山沟里引起了不小的震动。人们议论纷纷，都说浅溪里游来蛟龙，草窝里飞出凤凰，文曲星下凡了！

当然，最高兴的莫过于王更生夫妻俩了。沈米花几次在梦中笑醒。王更生一扫过去的老气，走路说话格外有精神，每到一个地方，人们都向他道贺，夸他好福气，还不住地称赞两个孩子，把个王更生吹得浑身热乎乎的。他感到自己从来没有像今天这样受到过人们的看重,因此别人围着他要喜烟喜糖,他一点儿也不吝啬,卷烟尽管低劣,却是逢人便敬一支。

可是两份正式录取通知书一下,他们立刻像霜打的叶子——蔫了。原来,王莉莉考取的是三类大学,王振飞则是自费中专。两人的入学费用共计五千多元。王更生听到这个数字有点不相信,过去人家拿钱买官当,难道现在读书也得拿钱买吗?他想不通,一连几夜辗转反侧,难以入睡。最后决定去问问振飞的班主任周老师。周老师把改革后的教育体制向他作了详细的解释。还告诉他有的学校收费比这还高,并诚恳地对他说:"老王,再困难也得想办法让孩子入学,机会来之不易啊。"

王更生好为难:家里不仅没有一分钱的积蓄,还背了一身债,这五千元可真不是个小数目呀。

两个孩子知道家庭的处境,都不愿让大人为难。王莉莉说:"爸爸,就让振飞上学吧。我可以帮你们做事,供他上学。"振飞坚决反对:"不!应该让姐姐上学,我是男孩,干活比她有力气。"王更生没有作声。振飞想了想说:"这样吧,我去同周老师商量商量,再复读一年,力争明年考取正式生,那就要少花许多钱。"王更生觉得这样比较合理,可以缓过经济困难,同意了。

哪知这个消息一传出,人们都不理解。"老王,你是怎么想的,让女儿读,却不让儿子读?""你真窝囊,孩子考得起,你供不起!"老王,争口气吧,就是砸锅卖铁,也得让两个孩子全上!"在人们的议论中,王更生感到无地自容。他心一横:上,都上!首先卖掉了唯一的一头耕牛。接着把五间房子拆卖了,向隔壁二叔暂借一间破屋安身。又卖了一头百来斤的猪和刚打下的一千多斤稻谷。几样合计在一起,还不到三千块。还有两千多怎么办呢?

几位本家都帮他出主意:"去找支书想想办法。"他去了。支书说村里实在没钱,免去他两年上交款,算作对两个孩子的奖励。又有人建议请支书出面打个报告,请国家解决点。他又去了。支书对他说:"国家没有这个规定,报告打了也等于没打。"

眼看离开学的日子一天天近了,两千多元钱还没有着落。王更生急得饭吃不下,觉睡不着,整天昏昏懵懵的。

这天,村里来了一个小贩,向王更生讲述了这样一件事:前年,他们村里有一对孤儿寡母,儿子考上了中专,家里没钱上学,准备就这样算了。想不到的是,母亲在喷洒农药时不幸中毒身亡。村里向上面反映了这件事,结果国家免费让那孩子入学了。言者无心,听者有意,这件事给了王更生很大的震动,思来想去再没有别的办法了,那晚,他向沈米花讲了自己的心思。对丈夫,沈米花历来是言听计从,百依百顺,为了孩子,他们愿舍出一切。

这天晚上,沈米花把两个孩子的破旧衣服补得整整齐齐,缺了的扣子也钉上了,然后叠得平平整整,分放在两个孩子的床头。她依依不舍地对他们说:"上学的时候,这些衣服都要带上,不要嫌破,只要穿得暖,以后再慢慢添制新的。""知道了。妈,您去睡吧。"沈米花慢慢地退了出来。

第二天早上,莉莉像往常一样做好了饭,等了老半天还不见父母回家,她跑到田头去找,也不见他们的影子。她感到有点奇怪,回家推开父母的房门,里面空空的。她走了进去,见桌上有一张字条,一看,傻眼了,连忙拉着弟弟奔到支书家里。

支书正在吃饭,看到两个孩子跑得气喘吁吁,不知发生了什么事。王莉莉递过纸条,上面是王更生早年扫盲时学的那些字:

两个孩子:

爸妈去了,从此,你们是古(孤)儿了。赶快去找支书,向上面打个报告,国家会照顾的。大人无能,请别想念。望你们好好用功，进步快。

爸爸留笔

支书看完，跺着脚狠狠地说："这两个老糊涂虫！"他立刻派人四处寻找，一连几天，杳无踪影。

十多天后的一个下午，几个放牛娃在后山捉迷藏，他们钻进了竹林中的一个山洞里。那是二十多年前，全国"备战备荒"时挖的地道。几经风雨，洞门塌了，只留下一个细小的洞口。一会儿，两个小孩哭叫着连滚带爬地钻了出来，在附近干活的几个村民爬进去一看，洞里躺着两具尸体，正是王更生和沈米花，旁边倒着一个农药瓶。

王更生两口子死了，姐弟俩成了孤儿。支书为了帮助两个孩子入学，将这些情况向上级作了反映，到现在还没有半点回音。王莉莉本来就很脆弱，这意外的打击使她神经错乱了，痴痴地望着一个地方，一时哭，一时笑，村里人无不惋惜地说："可怜，这孩子疯了。"

开学的时间过去了，周老师几次来安慰振飞，并让他回校复课，他摇了摇头，从此丢下了书本，在家里一边干活，一边照料姐姐，整天听不见他说一句话。

（朱劲帆）

花开花落

米兰花今年才十多岁,按她这般年龄,应该还坐在舒适的教室里读书哩,可家境不得不使她在今年春上辍学,到三里外的乡砖厂揽了个体力差使:往窑内背砖坯挣钱。

米兰花家住秦岭脚下,人称九岭十八坡、十种九不收的地方。四年前,她母亲就病逝了,那会儿米兰花才上小学二年级,全家人的生活重担就落在了父亲米刚强一人的肩上。米刚强又当爹又当娘,照顾着米兰花姐弟,还要喂猪养鸡种庄稼,日子虽过得很艰难,却不用米兰花操心,凑凑合合还算过得去。

谁知天有不测风云。去年腊月,米刚强去花村镇赶集卖菜,路上被一辆汽车撞断了双腿,肇事司机连停都没停,一踩油门将车开得无影无踪。幸亏乡邻的帮助,米刚强才被送进了医院,诊断为粉碎性骨折,仅手术费、医疗费,就花光了家中所有的积蓄,结果,双腿没治好,落下终身残疾不说,还欠下信用社两千多元债。

看着爸爸拄着双拐回到家,米兰花还能说什么呢?她只有牺牲自己,辍了学,承担起一个大人的义务,干家务、种庄稼,挣钱伺候父亲、供养弟弟。米兰花不上学了,然而,每当她见到同龄的孩子背着书包高高兴兴上学的时候,总是马上低头躲开,等他们从身边笑嘻嘻地走过,才敢转过充满希望的眼睛,望着他们远去的背影。

米兰花刚进乡砖瓦厂的开始几天,往窑里背砖还是背四块、五块,后来听说这里算工钱是按每天背的砖数算,她着急了:背这么少咋管事哩?于是她咬着牙,憋红了脸,开始背七块、八块,往后竟能背起十块砖了。砖厂的大人瞧她人小可怜,算工钱时往往会多算她几块砖钱。

俗话讲:不怕慢,就怕站。这个月一结算工钱,嗬,竟有三百来块!米兰花兴奋地拿着厚厚一沓钱回家交给父亲。米刚强惊讶地瞪大眼睛望着女儿,难以置信。过后,一句话也没说出来,一把抱住女儿,父女俩泪雨滂沱。

这天中午,米兰花和往常一样,在砖瓦厂正将砖一块一块码到齐胸高,刚准备背上走,忽然,来了一位文质彬彬、胸前挎着一架照相机的叔叔。

他叫毕文力,是地区报社的一位摄影记者,今天是专门来采访这家乡砖瓦厂的。刚才他在厂办公室了解了一些新闻素材后,准备到现场去抓拍几个热火朝天的劳动场面,以作图片新闻,没想刚踏出办公室门,迎面碰上了米兰花,他看米兰花黑里透红的脸上充满了稚气,小小的人累得汗流浃背,职业的敏感使他走了过来,和蔼亲切地问:"小妹妹,你叫什么名字?"

米兰花抬眼望着面前的陌生人,有些不知所措地回答:"我叫米兰花。""多好听的名字呀,今年多大啦?"米兰花吞吞吐吐道:"十……十……"毕文力追问道:"十几了? 你怎么不去学校读书?"

这一问,可戳到米兰花的痛处。她慢慢放下砖,人立在原地,低着头,一双纤小却显得粗糙的手拈弄着衣摆:"我……"她欲言又止,眼眶已是泪水盈盈。

毕文力似乎看出了米兰花的心事,他掏出采访本和钢笔,在上面记了几行字后,鼓励道:"小妹妹,你有什么难处,别憋在心里,和我讲讲吧。也许,我能帮你。"

毕文力的话,将米兰花的顾虑全打消了,她流着泪,哽哽咽咽地将自家的遭遇向毕文力来了个竹筒倒豆子。

毕文力一边听米兰花讲述,一边用笔在采访本上快速地做记录,米兰花讲完了,他也记完了。他将采访本一合,连同钢笔朝衣兜里一塞,想了一会,又从胸兜里掏出一张百元大钞,抓过米兰花一只粗糙的小手,"啪"地往手心一放,说:"小妹妹,我出来采访匆忙,没多带上钱,这有一百元,请你拿回家去,也许能解决一点问题。"

米兰花身子往后退了一步,满脸惊愕地望着他,像傻了一般不吱声。毕文力一见,像是明白了,又掏出一张名片,递到米兰花手中,说:"小妹妹,你放心,我是报社记者,不是坏人。这是我的名片,上面有我的名字和地址,以后你要有什么事,就直接来找我好了。"米兰花见了名片,似乎才有些放心,她接过名片拿在手中,却把那张百元大钞退了回来,说:"名片收下可以,可你的钱我不能要。"毕文力忙用手挡住说:"小妹妹,耽误你不少时间了。来,把砖背上。"

盛情之下,米兰花只好收下钱,弯腰背砖。在毕文力的帮扶下,她背起了那砖,吃力地朝窑内走去。毕文力不失时机,举起了胸前的照相机,对准米兰花弯腰负重的身影,"咔嚓"一声按下了快门。

米兰花不知他给自己拍照片干啥？因而也就没有多问。晚上回家，她拿出名片和一百元钱，把中午在砖厂遇到的事，向父亲从头至尾一讲，米刚强眼中闪动着泪花，激动地连连说："好人，孩子，你遇上大好人了，祝好人一生平安。"

米兰花虽然在心里祝毕文力一生平安，但她还得到砖厂去背砖。这天早晨，米兰花和大人们正忙乎着，"滴铃铃"一阵自行车铃响，是邮递员送报送信来了。有人接过报纸，才看了两眼，就连连叫道："兰花，快来看呀，你上报了！"

米兰花从那位叔叔手中接过报纸一瞧，嘿！报上果然登了自己弯腰背砖的照片，照片下还有挺大的一块文字说明，说的是她因家境贫困，只好辍学挣钱养家糊口的事儿。她不明白，报上登她这张令人心酸的照片干什么？

米兰花哪里知道，毕文力拍摄的这张照片，不仅上了地区报纸，而且上了省报，并很快被几家文摘报、家庭报看中选登了。十几天后，毕文力满面春风地再次来到了砖厂，见了米兰花，一把抓住米兰花的小胳膊，喜滋滋地说："兰花妹妹，这砖你以后不用背了。快，领我上你们家，见你父亲去。"

兰花见状，有点丈二金刚摸不着头脑。毕文力忙替她拍打身上的砖屑尘土，不由分说，拽着米兰花出了砖厂，由她领着，到了她的家。

原来，米兰花的照片在各报刊登出来之后，在社会上引起很大的反响，不少人为她落下同情的泪水。为了能让她重新背上书包，与她毫不相识的人们从四面八方把钱汇到毕文力所在的报社，他们请毕文力将钱转交给米兰花。他们中有工人、农民、干部、知识分子、解放军战士，对了，还有大学生和个体户。一笔笔汇款飞到毕文力的手中，使他看到了人间的一份份爱心。粒沙积成堆，滴水汇成河！别看你寄来百八十元，他寄来二三十块，积在一起时，竟有五千多元。毕文力高兴极了，请示了报社领导之后，将钱从邮局里取出，专程送到米兰花家中。

毕文力对米刚强说："大叔，我来之前，还接待了本地一家很有名气的服装集团公司的经理，他让我转告兰花妹妹，请她安心上学，从现在起，他公司每年将拿出两千元钱，对你家进行捐助，直到兰花妹妹成年。"

听完毕文力这一番话，米刚强这条在如此艰辛生活中没有屈服的汉子，再也控制不住自己激动的心情，他想起身，但一双断腿限制了他的行动。他只好一把拉过米兰花道："孩子，快！快给你大哥磕、磕头！"他语不成句，热泪纵横。米兰花立时跪地，"扑通"对着毕文力叩了一个响头。没等她起身再叩，毕文力一把扶起了她，心疼地说："别这样，要谢你们不要谢我，应该谢谢那么多关心你、爱护你的叔叔、阿姨、爷爷、奶奶和这个充满爱心的社会！"

就这样，米兰花回到了自己梦回萦绕的学校，班主任老师和全班同学，用热烈的掌声欢迎她重返校园。毕文力举起照相机，"咔嚓、咔嚓"连连摄下了这一个个感人至深的场面。

一个在生活重担压迫下呻吟的家庭，在社会的帮助下，终于重新恢复了生气。

然而，厄运再一次降临到米兰花一家的头上！半个月后的一天下午，米兰花和弟弟放学回家，刚进院子，就见自家堂屋门大开，她俩叫了声："爸爸，爸爸！"见屋内没人吱声，他们一头闯进屋里，定睛一瞧，顿时骇得瞪大双眼，连连后退，只见父亲米刚强倒在血泊之中，早已身亡多时，双拐扔在一旁，屋里被人翻了个乱七八糟。

"爸爸呀！"米兰花和弟弟"哇"地一声扑过去，随即收住脚步，惊恐地退出门外，扯开喉咙呼喊："来人呀，救命呀！"

哭喊声惊动了左邻右舍，大伙纷纷跑来，问发生了什么事。

米兰花一手搂着面色苍白的弟弟，一手朝屋内一指，泪如雨下地说："我爸爸被人杀了。"

"啊？"人们惊叫一声，蜂拥进屋，一看这副惨景，全都惊呆了！

乡派出所接到报案，立刻赶来了。他们勘查完现场，根据屋内留下的搏斗痕迹和那笔社会捐给米兰花复学的五千元钱被窃来判断，断定这是一桩阴谋抢劫杀人案。

几天后，一张围捕杀人犯的网在全乡、全县乃至全地区撒开了。闻讯赶来的毕文力再次来到米兰花的家中，当他听到米兰花姐弟俩悲痛欲绝的哭声，看到姐弟俩弱小的身子，他的眼睛湿润了。他又一次举起了照相机！

这一次，他感到手里的照相机是那么的沉重。他要把这幕人间悲剧，再次告诉人们、告诉社会……

（刘金泉）

彩蝶翩跹

　　哪年的春风不暖花草？哪家的父母不爱儿女？话是这么说，可这世上，还真有要把亲生女儿置于死地的法盲父亲！

　　有个汽车司机叫华铁成，今年三十六岁。去年，贤惠的妻子不幸暴病死去，留下了两个女儿，大女儿九岁，叫彩蝶，小女儿六岁，叫蜓蜓，一家三口，艰辛地过着日子。

　　这几天，华铁成整天唉声叹气，坐立不安，他藏着天大的心事啊！原来，他谈了一个女朋友，叫赵爱娜，年轻美貌，两人一见钟情。刚谈时，华铁成没说自己有两个女儿，怕说了后一下就把女朋友气走，可时间长了，不说不行呀，没办法，他就说了实话。赵爱娜外貌俏丽，可生性冷酷，她听了一跳八丈高："好你个华铁成，我可是黄花闺女啊，你就这么把我糟蹋了？我……我要告你强奸!"华铁成慌了,他说愿意将孩子送人。赵爱娜不答应:"送人? 送了,孩子就从这世界上消失了?""那你说怎么办?""你自己琢磨该怎么办! 你要真想和我结婚,就得先把两个孩子处理掉;你要留着孩子,那咱俩就一刀两断! 不过,我告诉你,我有……有了!"赵爱娜说完,气呼呼地转身走了。

赵爱娜走后,华铁成一头倒在床上,一支接一支地抽着烟。怎么办? 他想呀想呀,一连想了几天几夜。最后,他狠下了心肠:为了赵爱娜,为了自己将来美好的小家庭,他决定对两个孩子下毒手!

那一天中午,华铁成出车回来,先煮好饭,然后在饭里拌上了从街上买回的老鼠药,再加上鸡蛋一炒,将蛋炒饭盛了两大碗,放在灶台上,随手锁上门,又去公司出第二次车。

华铁成是晚上六点多才回来的,一路上,他想像着家里将会出现的情景:两个孩子中毒后送到医院,抢救无效死了;此刻,他家的院子里围满了人,在叹息着、议论着、猜测着,盼着他赶快回去。越是这么想,华铁成的心越是跳得慌,这不长不短的一段路,简直就是生死关、奈何桥呀! 华铁成就这么想着把车开到了家门口。奇怪了,家里静悄悄的,不像发生过什么事情。他纳闷了:难道孩子死在屋里到现在还没被发现? 他轻手轻脚地走进院里,一看,只见小女儿蜓蜓坐在门槛上抹着眼泪。蜓蜓看到华铁成,一头扑过来拉住他的手,欢快地叫着:"爸爸回来啦! 爸爸回来啦!"

华铁成脱口问道:"吃饭了吗?"

"没有。"

"为什么不吃?"

"我们想等你回来一起吃。"

这时,大女儿彩蝶笑吟吟地说:"爸爸,今天是11月17日,是你的生日呀! 妈妈活着的时候,每到这天,她总要给你炒几个菜,买一瓶酒,陪你喝一杯,今天,妈妈不在了,你……你就一个人喝吧,爸爸,今天你可要开心哦!"说着,彩蝶抹了抹泪,拉着妹妹,转身去厨房了……

华铁成的心颤抖了,他的灵魂被灼着了!才九岁的孩子,心里想的是如何体贴自己的爸爸,而三十六岁的爸爸,却在想着如何毒死自己的亲生女儿,这……这还算是人吗?华铁成的心在"扑腾、扑腾"跳着,眼泪在"吧嗒、吧嗒"淌着,就在这时,彩蝶和蜓蜓已各自端了一碗蛋炒饭从厨房走了出来,姐妹俩坐到了桌边,拿起了筷子。彩蝶正想吃,忽然又住了手,她看了看桌上的菜,说:"爸爸,这几个菜,是我用平时省下的小菜钱买的,钱不多,买不了好吃的……等我长大了,有钱了,我一定给你买世界上最好吃的菜!"彩蝶说完,就伸出筷子准备扒碗里的蛋炒饭,华铁成见了,立即举起手来,"啪啪"两巴掌将两碗蛋炒饭打落在地上,他猛地将两个女儿揽在怀里,号啕大哭……

这天夜里,华铁成翻来覆去没睡好觉,他决意去找赵爱娜好好谈谈,求她宽容这两个没娘的孩子。

第二天,华铁成就去见赵爱娜,说了给孩子下毒的经过。赵爱娜听了,冷笑着说:"这么说来,你是舍不得这两个孩子了?那我问你,我怎么办?我肚子里的孩子怎么办?看来我只好连这没出生的孩子一起服毒自杀了!"华铁成一听,吓得魂飞魄散,赵爱娜如果真这么做,他华铁成就算不判死刑,也得坐二十年牢啊!他越想越怕,"扑通"一声跪在赵爱娜脚下,哭着哀求道:"爱娜,别生气,你再给我半个月时间,我一定想办法把两个孩子除掉!"

话是这么说,可真要华铁成把自己的亲骨肉送上绝路,他实在狠不下心、下不了手呀!时间一天天过去,眼看半个月就要过去了,这天两个孩子放学后,华铁成说是要开车接她们去秦岭玩,其实他是想把孩子送到远离公路的秦岭山上,是死是活,听天由命吧!

孩子哪知道华铁成的心思,听说爸爸要带她们去秦岭玩,可高兴啦。车子开了一个多小时,在秦岭的山间公路上停了下来,华铁成背着蜓蜓,拉着彩蝶,穿山涉水,来到了一座远离公路的险峰上,这时,太阳已经下山了,彩蝶有些害怕,她紧紧拉着华铁成的手,说:"爸爸,天快黑了,咱们回去吧。"华铁成说:"不要紧,你俩就坐在这大石头上等着,爸爸去抓野兔子,抓到后再回家。咱汽车跑得快,一会儿就到家了。"说完,华铁成转身走了,他三拐四绕,避开了姐妹俩,偷偷下了山,跑上公路,跳进驾驶室,"呼"地一声把车开跑了。

华铁成回到家里,已是夜晚十点,这时,天变了,北风呼呼,大雪飘飘,天地间冰封雪冻,寒冷彻骨。华铁成关上门,熄了灯,躺在床上,竭力想让自己平静下来,可是,他心惊肉跳,无法安宁。他想:日落坡,狼出窝;鸡上架,狼吃娃。黑夜里,在那没有人烟的秦岭荒山上,别说野兽去伤害两个孩子,光那虎啸狼嗥的声音,也会把孩子活活吓死!想着想着,蒙眬间,华铁成好像看到彩蝶和蜓蜓手拉着手,孤零零地站在那石峰上,一声连一声地呼喊着:"爸爸,你不要我们,把我们送人都行,可你……你为啥这么狠心呀!"就在这时,一只凶猛的恶狼,瞪着绿莹莹的眼睛,张牙舞爪地向两个孩子扑了过去……华铁成"腾"地从床上跳起,高声惨叫起来:"彩蝶!彩蝶!蜓蜓!蜓蜓!"

半夜三更,华铁成的叫声惊醒了邻居,这邻居是华铁成单位里的车队队长,队长敲开了门,见华铁成神色异常,心里起疑,便连声追问,华铁成只好说出实情,队长一听气得直打哆嗦,拿了手电,一把扯着华铁成,二话没说就出了门,两人跳上车,全速开往秦岭。

一夜的大雪,漫山遍野全是白茫茫一片,两人下了车,华铁成带路,跌跌撞撞地一路找去,两人来到了那块大石头旁,一看,惊呆了:九岁的彩蝶,身上的棉衣全解开着,她把六岁的蜓蜓紧紧搂在自己的怀里,两人依偎着,早已冻僵了,彩蝶的身上积了厚厚一层雪……

队长再也控制不住了,他扑上去一把揪住华铁成的衣领,指着孩子愤怒地大吼:"你看看,九岁的孩子都知道疼爱自己的妹妹,你这个当爸的却忍心将亲生女儿害死!你……你真是个畜生啊!"

华铁成被骂得狗血喷头,他没有吭声,解开自己的棉衣,把彩蝶搂进怀里,发疯一样地往山下跑。队长随后抱起蜓蜓,两人一前一后一路奔着,上车后又开足了油门,直奔医院。

话是一阵风,一日传千里,第二天上午,华铁成谋杀亲生女儿的消息就传遍了全城,医院大门外围着上千人!华铁成蹲在医院急救室门口,双手抱头,一动不动。就在这时,赵爱娜来了,她冲到华铁成面前,大哭大叫:"华铁成,你怎么能把亲生女儿活活往死里整?你真是一条披着人皮的恶狼!算我瞎了眼,我和你一刀两断!"华铁成一听,霍地跳起,一把揪住赵爱娜,说:"你这个人面兽心的女人,事到如今,还想溜掉?我和你一起上公安局去!"他把赵爱娜如何唆使自己谋杀亲生女儿的真相一五一十说了个透,顿时,群情激愤……

突然,急救室的门打开了,一个老医生走了出来,他流着泪告诉大家:"蜓蜓醒过来了,可……可彩蝶把自己身上的热全给了妹妹,她……她死了……"华铁成听了,身子晃了晃,没等他栽倒,有人上来搀住了他,那是两个警察。警察给华铁成戴上了手铐,连同赵爱娜,一起押走了。

这时,急救室里推出了一辆手术车,车上是彩蝶的遗体,被白布蒙着。紧接着,一个护士抱着蜓蜓从急救室里走出来,只见蜓蜓在护士手中一边挣扎一边哭喊着:"姐姐!我要姐姐……"

（陈希元）

命若琴弦

后山村有户人家,丈夫叫水根,妻子叫木兰,小两口结婚一年多。这天后半夜,木兰生下个娃儿,接生婆兴冲冲从房间里跑出来给水根报喜:"水根,你女人给你生了个千金,嘿嘿,赶明儿等她长大了,有你老酒喝的!"

水根一听是个丫头,打心里不痛快,本想发作几句,但接生婆还没走,只好咽口唾沫把到嘴的话吞了回去。

等接生婆忙完了一走,水根跑进房间里,不高不低地说:"妈的,头一胎就是个丫头,晦气!"

木兰半天没吱声,搂住身旁哇哇啼哭的丫头抹了几滴眼泪,她明白水根是说气话给自己听。

丫头三岁了,能满地跑了,小脸蛋越长越招人疼爱,小嘴里还不停地叫着"爸爸妈妈",水根却板着面孔,从来没答应过一声。木兰听了倒是一声声地答应着,跑过去搂住丫头好一顿亲。

三岁的孩子照理该有个名儿了,可水根还是口口声声叫她丫头长、丫头短。水根说:"丫头起不起名儿都一样,反正是个丫头,就是起个金凤凰、银孔雀,到头来还是个赔钱货。"

一晃丫头八岁了,木兰又给她添了两个弟弟,大的叫大宝,小的叫小宝。小宝还不会走路,整天趴在丫头的背上。

隔壁家的莲子也八岁了,她扎着两只小羊角辫儿,背着小花布书包又蹦又跳地念书去了。丫头虽没那福分,可心里还是盼望着自己也能有莲子这么一天。

这天莲子放学回来,丢下书包来跟丫头玩,嘴里还"叽叽喳喳"念着:"小白兔,白又白,两只耳朵竖起来。小白兔,白又白,四条小腿跑得快……"

丫头在一旁听入了迷,傻乎乎地问:"是老师教的?"

莲子点点头,得意地说:"老师教我们念课文,教我们唱歌,还讲好多好听的故事。丫头,明天你也去念书吧!"

丫头摇摇头,说:"我爸爸妈妈不让我念。"

莲子拉着丫头的小手,给她鼓劲:"你爸妈要是不让你念,你就跟他们哭!跟他们闹!"

丫头眼睛一亮,笑着点点头,于是又蹦又跳地跑回屋,把小宝往板凳上一放,扯着正在烧饭的木兰说:"娘,明天我也去念书!"

木兰愣了愣,说:"丫头家念的么子书,你又不是伢子。"

丫头反问:"莲子也是丫头家,她不也念书么?"

木兰叹了口气,拍了拍丫头身上的灰:"你去渡口问你爸。"

水根在村口的河边撑渡,他今年承包了这条渡船,见丫头小跑着过来,没好气地骂:"死丫头,不在家带小宝,乱疯个啥?"

丫头抬起小脸,说:"爸,我要念书!"

水根没回头,还是撑他的船:"丫头家念的么子书,你又不是伢子。"

"莲子也是丫头家,她不也念书么?"

"她老子是支书,你老子是平头老百姓,咱跟人家比不起。"

丫头望着爸爸,还是不肯走,还在哀求:"我要念书!"

水根火了,瞪圆了眼睛骂:"念你个头!回家带小宝,死丫头!"

丫头揉揉泪汪汪的眼睛,跑回家一屁股坐在地上,吵死吵活要木兰送她报名念书。

木兰心疼得不得了,她跑过去把丫头拉起来,一边哄她:"好丫头,听娘的话快起来,晚上等爸爸回来,娘跟他好好说说,让你去念书。"

丫头不闹了,含着眼泪天真地问:"真的?"

木兰点点头:"娘还能骗你?"

丫头一骨碌从地上爬了起来,拍拍身上的灰,笑了。

吃了晚饭,木兰对水根要求道:"水根,就让丫头念书吧。"

水根说;"不成,小宝还不会走路,她去念书,小宝哪个带?"

"有我呢!再说小宝也快会走路了。"

水根一时没了话,只好说:"那就依你吧。"

第二天,木兰起早从镇上买了一只小书包,随后吃过早饭,就领着丫头去学校报了名。

这下可乐坏了丫头,晚上睡觉,她把老师发的新书本搂在怀里,又是亲又是摸的。

丫头念书极聪明,每次考试都在前三名,家里的墙上挂满了她在学校得到的奖状。

这一年丫头小学升初中,居然在全乡考了个第二名。也在这一年,水根变了卦,他对丫头说:"丫头,你别念初中了,帮爸撑渡去。"

丫头心里"咯噔"一下,心里怦怦乱跳:"不,爸,我要念初中,我还要上大学！"

水根把脸一沉："你一个丫头家，识那么多字干啥？又不是伢子，能写出自己的名字，认得钞票就成了。"

丫头撅着嘴，说啥也不肯："我要念！"

"念你个头！你再要去念，老子打断你的腿，看你怎么去念！"

丫头急了，她跪在水根脚前，苦苦哀求："爸，你不是答应让我念书吗？你行行好，让我继续念吧，好爸爸，你让我继续念吧！"她跪着转向木兰："妈，你跟爸说呀，让爸行行好，让我继续念吧！妈，你说话呀！"

木兰抱住丫头哭泣的身子，心里刀割般地疼："好女儿，你就别求了，好歹你还念了几年书，到城里能得出男女厕所，你就打消念书的念头吧，帮你爸撑渡去，你是家里的老大，样样都得吃亏在先，还是让大宝和小宝去念吧！"

妈妈也不帮自己说话，丫头绝望了。她连着几天不吃不喝，躺在床上，把自己所有念过的书紧紧抱在怀里，眼睛哭得像个烂柿子。

又过了几天，丫头扛着两支桨上了渡船。风里来雨里去的，半年下来，水根就把这条船交给了丫头。

莲子到镇上去念初中了，每天早上都搭丫头的船过河。

莲子上了渡船，丫头好不羡慕，她抚摸着莲子的书包问："这么多书？"

莲子神气地说："可不，语文、代数、政治、英语……英语就是外国人说的话，喏，你听着——各得毛宁！"

丫头眨巴着眼睛琢磨了半天，摇摇头，还是没明白过来。

莲子说："听不懂吧，就是问你早上好！"

打这，丫头像掉了魂似的，常一个人坐在船上望着远处发呆。对岸过渡的人扯着嗓子喊："丫头，撑渡噢，丫头，撑渡噢——"连着喊几声，丫头才回过神来。

有一回，木兰给丫头换床铺草，忽然在床褥底下翻出了五十块钱。木兰不知道这是咋回事，就一分钱没动交给了水根。

水根把钱装进口袋里，气得脸都发青了，狠狠地说："贼丫头，晚上看我怎么收拾她！"

晚上，丫头扛着桨回到家，双脚还没站定，水根就铁青着脸问："你那五十块钱是从哪里来的？"

丫头知道躲不过去了，咬咬牙说了实话："是我从撑渡的钱里扣下的。"

水根气得喷着唾沫星子说："好你个死丫头，才桌子高就晓得扣家里钱，老子打死你！"

说着他一巴掌扇过来，丫头只觉得天旋地转。

水根边打边问："你说，扣钱干啥？"

丫头捂着脸哭道："我想攒钱念书……"

"念书念书，念你娘个头！""啪啪啪"又是几巴掌。

丫头当场被打得不省人事。

第二天，丫头的脸上青一块、紫一块的，脸肿得像个葫芦。过渡的人问她是怎么搞的，她眼里的泪水直打转，支支吾吾地说："是晚上走夜路……不小心跌的……"

丫头觉得自己的命好苦，像个活死人在渡船上昏昏沉沉地过着，什么理想都没有了。

这天下午，乡派出所的方所长押了一名男娃过渡。两个人上了船，方所长指着丫头对男娃说："你看看人家，跟你一般大，多好的姑娘，你却在外面学坏。"

男娃低着头不说话，丫头看他那副样子好可怜。船划到了河中心，丫头问："警察叔叔，这小哥哥也犯法了？"

方所长说："嗯！他在外面不学好，抢银行的钱，这还了得？"

丫头吃了一惊："那要坐牢呀？"

"念他年纪小,送他去工读学校!"

工读学校?不知怎么的,一听到"学校"这两个字,丫头便好奇:"叔叔,工读学校有书念吗?"

方所长笑着说:"有!就是要他们多念书,多学知识,好好改造,重新做人!"

丫头望着男娃突然愣住了,脑子里好像在想着什么。

方所长喊:"小妹妹,快划呀,船都被风刮回去了。"

丫头这才回过神来,忙又划起了船。

十天后,乡信用社一名出纳会计正在桌上点钱。这时,一个女孩忽然从门外径直冲进来,伸手就来抢桌上的钱。会计眼明手快,一把捉住了女孩的手,大声喊起来:"快来人呀,有人抢钱啦——"信用社的汪主任听到喊叫声,忙拿了根棍子从里屋跑出来,一看,却是个半大的女娃子,这才放了心,动武是不会的了。

汪主任扔掉棍子,双手一把扭住女孩,气势汹汹地说:"走,跟我到派出所去!小小年纪,就抢钱,长大了还了得?"

派出所跟信用社在一条街上。汪主任扭着女孩几步到了派出所,方所长正好在里面。一进门,汪主任就感慨地说:"方所长,现在的世道真不得了,这么点大的女娃子,大白天竟敢闯进信用社来抢钱!这、这……"

方所长一抬头,吃了一惊:"小妹妹,怎么是你?"

原来这女孩子就是丫头。

丫头双膝一跪,抱住方所长的腿,哭喊道:"警察叔叔,我不想抢钱,不想犯法,我想念书!求求你,警察叔叔,你送我去工读学校念书吧!我要念书!我要念书……"

"啊——"方所长和汪主任都同时被丫头的话惊呆了,他们互相对望着,一时竟说不出话来……

(从 丛)

芳草萋萋

绿油油的庄稼地里又添了一座坟冢，它孤零零地靠着地埂。坟里长眠的不是寿终正寝的老人，而是一个年轻的女中学生，她的名字叫赵梅莉。

不久前，这个年轻的生命还是那么光彩，那么有理想，有目的、有滋有味地活着，可是现在，她的理想和目的，她的光彩，都随她一起长眠地下。

故事发生在一个多月之前。

梅莉的老家就在这个山寨，父母亲都是老实本分的庄稼人。梅莉从小就机灵乖巧，上学以后读书也很用功，所以从小学到初中，学习成绩一直很好，后来高中又考进了县里的重点中学。一转眼，寒窗三年，梅莉高中毕业了，眼见得女儿这么有出息，于是父母咬咬牙,让她报考大学,今天梅莉就是去听成绩的。

时近黄昏,梅莉从县城学校回来了,一跳下汽车,便飞快地往家里跑,还没迈进大门,就大声喊道:"爹,娘,我考上了,我考上啦!成绩公布了,我在线上了,超出十多分哩!"

梅莉的父母几乎是同时冲出屋子:"梅莉,这是真的?"

"这么大的事,我还能哄你们? 就等通知了。"梅莉兴奋得声音都有点变调了。

梅莉爹扳着指头一算,欣喜地说:"好,咱家盼的就是这一天。明天正好是黄道吉日,咱们摆几桌酒,邀大家一块来庆贺庆贺。"

梅莉娘高兴归高兴,可一听梅莉爹说明天要摆酒,不禁面露难色:这些年来为了供梅莉读书,全家节衣缩食,日子一直紧巴巴的。

于是,梅莉娘白了丈夫一眼,说:"这事儿八字才一撇,我看还是等录取通知来了再说吧。"

"妇道人家懂什么!"梅莉爹不答应,"八字有一撇就有一捺。我们图个意思,不在乎菜多菜少。"

这时候,梅莉早已扔下父母跑回自己屋里,她激动的心情还没平静下来,眼看梦想就要成真,她高兴地在屋子里跳啊唱啊,竟然像小孩子一般。

第二天,赵家果然摆下了酒席,亲朋好友、左邻右舍都来了。山寨里就要飞出金凤凰了,大家喜不自禁,兴奋异常,有人不知从哪里弄来了一百响鞭炮,喜宴上气氛更热烈了。

接下来,便是那漫长的等待。眼见得录取分数线以上的同学陆陆续续都拿到了通知书,可是梅莉的通知书却迟迟不来。梅莉心急如焚,她天天跑到村口等邮递员,等到的却是一次次的失望。每次只要邮递员摇头,梅莉的心就抽紧了;只要是梅莉垂头丧气地回家,她爹娘的脸就变得更白。

这样的等待持续了二十多天。眼看拿到通知的同学已到新的学校报到，梅莉这里还是一点消息也没有。

一个阴雨霏霏的下午，落汤鸡似的梅莉从村口奔回家里。又白白等了一天，她伤心地躲进自己房里哭了起来，哭得昏天黑地，好不悲凉。

梅莉爹声声哀叹，梅莉娘暗自啜泣，邻居们好言相劝。劝是劝，可谁也弄不懂，这究竟算怎么回事？

整整一夜，梅莉没有出房门一步。

第二天早晨，梅莉娘特地为梅莉做了一碗荷包蛋。当她端着碗踏进女儿房间时，她被眼前的情景吓呆了。

只见梅莉横倒在炕上，仿佛熟睡了一般，她身边是几片没有来得及吞下的安眠药。

梅莉死了！

梅莉娘怔怔地望着女儿，半晌，手里的碗掉落在地上，她猛地抱住梅莉的尸体，号啕大哭起来。

哭声唤来了梅莉爹，惊动了全山寨。

村里人闻声纷纷赶来，他们目睹眼前这个惨景，伤心之余欲言又止。他们心里都在问：明明是一只金凤凰，为什么不能飞起来？为什么呵？

人们在梅莉的书桌上发现了一封信，这是梅莉的绝笔信，留给她的爹娘。信是这样写的：

亲爱的爹娘：

当你们看到这封信时，女儿已经到了另外一个世界。在那个世界，女儿向你们问候早安。

爹，你听到女儿在呼唤你吗？那是女儿用最后的生命发出的心声。在女儿生命的最后时刻，女儿多么想看看你那因终年劳累变得通红的眼睛。你和娘一年到头辛辛苦苦挣来的血汗钱，都变成了女儿的学费。你们还想方设法让女儿吃好穿好。对你们，女儿有愧呀！女儿知道家里生活艰难，可你们自己节衣缩食，为女儿竟无半点吝惜，这一切让女儿如何偿还？

娘，女儿再叫你一声娘吧！你含辛茹苦把女儿拉扯大，女儿还未尽半点孝心，就先你而去，女儿对不起你，对不起你啊！看到你和爹日渐增多的白发，日益苍老的面容，想想那令人难忘和心碎的酒宴，女儿实在没有勇气再看你们为我失望流泪。

爹，娘，女儿就要走了。女儿多么希望自己好好地活在七彩的阳光之下，多么希望学业结束以后能够好好报答你们的养育之恩。可是现在，这一切都没有了。女儿实在不明白这是为什么？为什么？女儿害怕村里人的冷言冷语，一想到今后，女儿实在无颜见人！

爹，娘，请不要为女儿哀伤。你们身体千万要保重，这是女儿唯一的心愿。如果我们还有缘的话，来世女儿再伺奉你们。

女儿梅莉　绝笔

梅莉爹娘心肝欲裂。

一屋子的人全哭了。梅莉啊，你为什么要走绝路呢？你是我们山寨的女儿，再怎么说，爹娘也不会舍弃你。

下午，依然是阴雨霏霏，乡亲们抬着梅莉的棺材走向田野。在这浩大的送葬人流中，既没有招魂幡，更没有超度亡灵的唢呐声，只有梅莉爹娘凄惨的哭声回荡在空中。

梅莉的故事给这片黄土地平添了几分凄凉。

梅莉的死深深刺痛了爹娘的心，他们想女儿，想得昏天黑地，想得死去活来。在村里人的鼓动下，两个老人决定到县招生办公室问个彻底，问个明白。

老人没提梅莉的死。

可是招办人员闻听此事，已经着实吃了一惊：怎么会出现考取了而没有收到通知书的事呢？他们查看录取名单，的确有梅莉的名字，而且她的通知书也发下去了。

难道是路上遗失了？工作人员心里一阵疑惑，他们让老人回去等候回音。

一个星期过去了。

这天中午，一辆白色小汽车开到赵家门口，车上下来一老一少两个人。老者从公文包里取出梅莉的录取通知书，递到两位老人面前，说："这是赵梅莉同学的录取通知书，她确实被录取了，由于我们工作疏忽，结果把通知书发到与您女儿的名字只差一个字的赵梅丽同学手中。这次我们专门送来，怕的是再出现差错。我们非常对不起赵梅莉同学。"

梅莉爹颤抖着双手接过通知书，他的眼睛模糊了，恍惚间，女儿那安详恬静的面容出现在眼前。

梅莉娘哆嗦着嘴唇想说什么，还没出声泪水却先"哗哗"流了下来，薄薄一张纸，可是维系着女儿的一条生命啊！

来人百思不解，面面相觑。

梅莉爹抹了一下眼睛，抬起头说："你们大老远跑来，太麻烦你们了。现在事情弄明白了，这张通知书我们也不需要了，请你们收回吧！"他说着，把通知书递还给老者。

"为什么？"老者不解地问。

"我女儿已经死了一个多月了。她说她对不起我和她娘，她还说怕村里人笑话……其实，我们不怪她，村里人也不会笑话的，是她自个想不开。"

梅莉爹一番话，把来者惊得目瞪口呆。

许久，老者才低沉着声音问："赵梅莉同学的坟在哪儿？我们去看看她。"

梅莉爹瞥了他们一眼，头前走出家门。

坟地很快到了。

这些天雨水格外多，梅莉的坟头上已长出青青的小草。小草碧绿碧绿的，一丛又一丛，草叶上还挂着晶莹剔透的水珠，可这些在梅莉爹看来，却显得那么萧瑟和凄凉，毫无半点生命活力。

梅莉爹从老者手里接过梅莉的录取通知书，把它小心翼翼地放在梅莉坟头，哽咽着说："梅莉，爹给你送通知书来了。"

梅莉爹一声呼唤，老泪纵横，多少天的积郁和思念，多少天的苦闷和悲哀，都在这痛苦声中得以倾泻。

凄厉的哭声，惊动了天上的白云，震动了地上的流水。

……

（刘俊清）